Obra de Gabriel García Márquez
1962

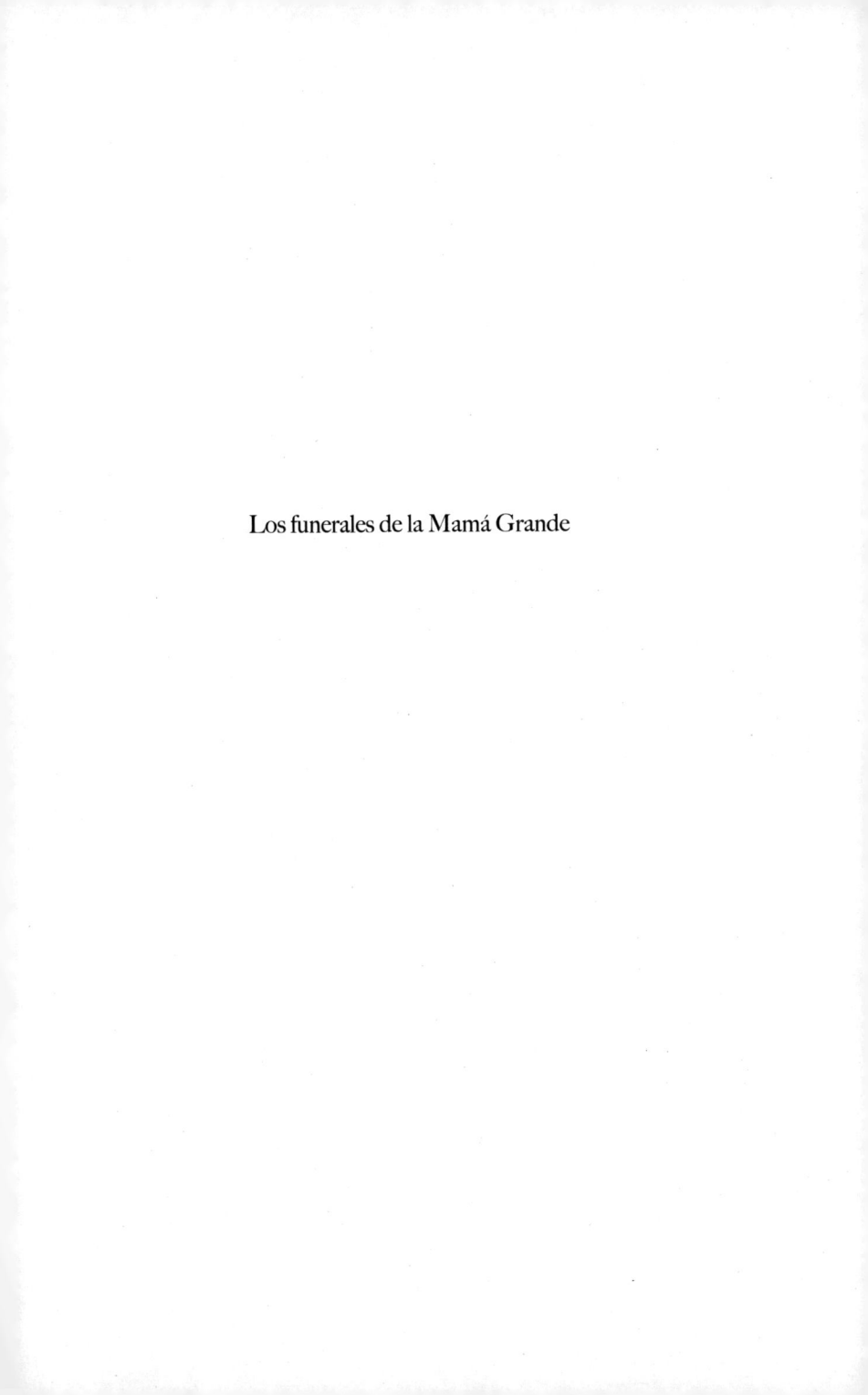

Los funerales de la Mamá Grande

加西亚·马尔克斯 著
刘习良 笋季英 译

礼拜二午睡时刻

南海出版公司

新经典文化股份有限公司
www.readinglife.com
出 品

献给神圣的鳄鱼

礼拜二午睡时刻

目 录

1　礼拜二午睡时刻

15　平常的一天

23　咱们镇上没有小偷

69　巴尔塔萨午后奇遇

85　蒙铁尔的寡妇

97　周六后的一天

133　纸做的玫瑰花

145　格兰德大妈的葬礼

礼拜二午睡时刻

La siesta del martes

火车刚从震得发颤的赤褐色岩石隧道里开出来,就进入了一望无际、两边对称的香蕉林带。这里空气湿润,海风消失得无影无踪。从车窗飘进一股令人窒息的煤烟气。和铁路平行的狭窄小道上,有几辆牛车拉着一串串青香蕉。小道的另一边是光秃秃的空地,那里有装着电风扇的办公室、红砖砌成的兵营和一些住宅,住宅的阳台掩映在沾满尘土的棕榈树和玫瑰丛之间,阳台上摆着乳白色的椅子和小桌子。这时候正是上午十一点,天还不太热。

"你最好把车窗关上。"女人说,"要不,你会弄得满头都是煤灰的。"

小女孩想把窗子关上，可车窗锈住了，怎么也拽不动。

她们是这节简陋的三等车厢里仅有的两名乘客。机车的煤烟不停地飘进窗子里来。小女孩离开座位，把她们仅有的随身物件——一个塑料食品袋和一束用报纸裹着的鲜花——放了上去，自己坐到对面离窗较远的位子上，和妈妈正好脸对脸。母女二人都穿着褴褛的丧服。

小女孩十二岁，这是她第一次出远门。那个女人的眼皮上青筋暴露，她身材矮小羸弱，身上没有一点儿线条，穿的衣服裁剪得像件法袍。要说是女孩的妈妈，她显得太老了一些。整个旅途中，她一直是直挺挺地背靠着椅子，两手按着膝盖上的一个漆皮剥落的皮包，脸上露出那种安贫若素的人惯有的镇定安详。

十二点，天热起来了。火车在一个荒无人烟的车站停了十分钟，加足了水。车厢外面的香蕉林里笼罩着一片神秘的静谧，树荫显得十分洁净。然而，凝滞在车厢里的空气却有一股未经鞣制的臭皮子味儿。火车慢腾腾地行驶着。又在两个看不出差别的小镇上停了两次，镇上的木头房子都涂着鲜艳的颜色。女人低着头，昏昏沉沉地睡着了。小女孩脱掉鞋子，然后到卫生间去，把那束枯萎的鲜花浸在水里。

她回到座位的时候，妈妈正在等她吃饭。妈妈递给她一片奶酪、半个玉米饼和一块甜饼干，又从塑料袋里给自己拿出来一份。吃饭时，火车徐徐穿过一座铁桥，又经过了一个镇子。这个镇子也和前两个镇子一模一样，只是这里的广场上麇集着一群人。炎炎烈日下，乐队正在演奏一支欢快的曲子。镇子的另一端是一片因干旱而龟裂的平原，种植园到此为止了。

女人停下来不吃了。

"把鞋穿上。"她说。

小女孩向窗外张望了一下。映入她眼帘的只有那片荒凉的旷野。火车又开始加速了。她把最后一块饼干塞进袋子里，连忙穿上鞋。妈妈递给她一把梳子。

"梳梳头。"妈妈说。

小女孩正在梳头的时候，火车的汽笛响了。女人擦干脖子上的汗水，又用手指抹去脸上的油污。小姑娘刚梳完头，火车已经开进一个镇子。这个镇子比前面几个要大一些，然而也更凄凉。

"你要是还有什么事，现在赶快做。"女人说，"接下来就算渴死了，到哪儿也别喝水。尤其不许哭。"

女孩点点头。窗外吹进来一股又干又热的风，夹带着火车的汽笛声和破旧车厢的哐当哐当声。女人把装着吃剩食物的袋子卷起来，放进皮包里。这时候，从车窗里已经望得见小镇的全貌。这是八月的一个礼拜二，小镇上阳光灿烂。小女孩用湿漉漉的报纸把鲜花包好，又稍微离开窗子一些，目不转睛地瞅着母亲。母亲也用温和的目光看了她一眼。汽笛响过后，火车减低了速度。不一会儿就停了下来。

车站上空无一人。在大街对面巴旦杏树荫下的便道上，只有台球厅还开着门。小镇热得像个蒸笼。母女俩下了车，穿过无人照料的车站，车站地上墁的花砖已经被野草挤得开裂。她们横穿过大街，走到树荫下的便道上。

快两点了。这个时候，镇上的居民都困乏得睡午觉去了。从十一点起，商店、公共机关、市立学校就关了门，要等到将近四点钟回程火车经过的时候才开门。只有车站对面的旅店、旅店附设的酒馆、台球厅以及广场一侧的电报局还在营业。这里的房子大多是按照香蕉公司的式样盖的，门从里面关，百叶窗开得很低。有些住房里面太热，居民就在院子里吃午饭。还有些人把椅子靠在巴旦杏树荫下，在大街上睡午觉。

母女俩沿着巴旦杏树荫悄悄地走进小镇，尽量不去惊扰别人午睡。她们径直朝神父的住处走去。母亲用手指甲划了划门上的纱窗，等了一会儿又去叫门。屋子里电风扇嗡嗡作响，听不见脚步声。又过了一会儿，大门轻轻地吱扭了一声，几乎听不见。紧接着，在离纱窗不远的地方有人小心翼翼地问："谁啊？"母亲透过纱窗朝里张望了一眼，想看看是谁。

"我要找神父。"她说。

"神父正在睡觉。"

"我有急事。"妇人坚持道。

她的声调很平静，又很执拗。

大门悄悄地打开了一条缝，一个又矮又胖的中年妇女探身出来。她肤色苍白，头发是铁青色的，眼睛在厚厚的眼镜片后显得特别小。

"请进吧。"她一面说，一面把门打开。

她们走进一间溢满陈腐花香的客厅。开门的那个女人把她们引到一条木头长凳前，用手指了指，让她们坐下。小女孩坐下了，她母亲愣愣地站在那里，两只手紧紧抓住皮包。除了电风扇的嗡嗡声外，听不到一点儿其他声音。

开门的那个女人从客厅深处的门里走出来。

"他叫你们三点钟以后再来。"她把声音压得低低地说，"他才躺下五分钟。"

"火车三点半就要开了。"母亲说。

她的回答很简短，口气很坚决，不过声音还是那么温和，流露出复杂的感情。开门的女人第一次露出笑容。

"那好吧。"她说。

客厅深处的门又关上时，来访的女人坐到她女儿身边。这间窄小的客厅虽然简陋，但很整洁。一道木栏杆把屋子隔成两半。栏杆内有一张简朴的办公桌，铺着一块橡胶桌布。桌上有一台老式打字机，旁边放着一瓶花。桌子后面是教区档案。看得出这间办公室是一个单身女人收拾的。

客厅深处的门打开了。这一次，神父用手帕揩拭着眼镜，从里面走出来。他一戴上眼镜，马上能看出他是开门的那个女人的哥哥。

"有什么要帮忙的吗？"他问。

"借用一下公墓的钥匙。"女人说。

女孩坐在那里,把那束鲜花放在膝盖上,两只脚交叉在长凳底下。神父瞅了女孩一眼,又看了看那个女人,然后透过纱窗望了望万里无云的明朗天空。

"天太热了。"他说,"你们可以等到太阳落山嘛。"

女人默默地摇了摇头。神父从栏杆里面走出来,从柜子里拿出一个油布面的笔记本、一支蘸水钢笔和一瓶墨水,然后坐在桌子旁边。他已经谢顶,两只手却毛发浓重。

"你们想去看哪一座墓?"他问道。

"卡洛斯·森特诺的墓。"女人回答说。

"谁?"

"卡洛斯·森特诺。"女人重复了一遍。

神父还是不明白。

"就是上礼拜在这儿被人打死的那个小偷。"女人不动声色地说,"我是他母亲。"

神父打量了她一眼。那个女人忍住悲痛,两眼直直地盯着神父。神父的脸唰的一下红了。他低下头写字。一边写一边询问那个女人的身份信息,她毫不迟疑、详尽准确地作了回答，仿佛是在朗读文章。神父开始冒汗。小女孩解开左脚的鞋扣，把鞋褪下一半，脚后跟踩在鞋后帮上。然后又把右脚的鞋扣解开，也用脚跋拉着。

　　事情发生在上礼拜一凌晨三点，离这里几个街区的地方。寡妇雷薇卡太太孤身一人住在一所堆满杂物的房子里。那天，在细雨的淅沥声中雷薇卡太太听见有人从外边撬临街的门。她急忙起来，摸黑从衣柜里拿出一支老式左轮手枪。这支枪自从奥雷里亚诺·布恩迪亚上校那时候起就没有人用过。雷薇卡太太没有开灯，就朝大厅走去。她不是凭门锁的响声来辨认方向的，二十八年的独身生活在她身上激发的恐惧感使她不但能够想象出门在哪里，而且能够准确地知道门锁的高度。她两手举起枪，闭上眼睛，猛一扣扳机。这是她生平第一次开枪。枪响之后，周围立刻又寂然无声了，只有细雨落在锌板屋顶上发出的滴滴答答的声响。她随即听到门廊的水泥地上响起了金属的碰击声和一声低哑的、有气无力的、极度疲惫的呻吟："哎哟！我的妈！"清晨，在雷薇卡太太家门前倒卧着一具男尸。死者的鼻子被打得粉碎，他穿着一件法兰绒条纹上衣，一条普通的裤子，腰上没有系皮带，而是系着一根麻绳，光着脚。镇上没有人知道他是谁。

"这么说，他叫卡洛斯·森特诺。"神父写完，嘴里咕哝道。

"森特诺·阿亚拉。"那个女人说，"是我唯一的儿子。"

神父又走到柜子跟前。在柜门内侧的钉子上挂着两把大钥匙，上面长满了锈。在小女孩的想象中，在女孩妈妈幼时的幻想中，甚至在神父本人也必定有过的想象中，圣彼得的钥匙就是这个样子的。神父把钥匙摘下来，放在栏杆上那本打开的笔记本上，用食指指着写了字的那页上的一处地方，眼睛瞧着那个女人，说：

"在这儿签个字。"

女人把皮包夹在腋下，胡乱地签上了自己的名字。小女孩拿起鲜花，趿拉着鞋走到栏杆前，两眼凝视着妈妈。

神父吁了一口气。

"您从来没有试过把他引上正道吗？"

女人签完字，回答说：

"他是个非常好的人。"

神父看看女人，又看看女孩，看到她们根本没有要哭的意思，感到颇为惊异。

那个女人还是神色自如地继续说：

"我告诉过他，不要偷穷人家的东西，他很听我的话。然而过去，他当拳击手，常常被人打得三天起不来床。"

"他不得不把牙全都拔掉了。"女孩插嘴说。

"是的。"女人证实说，"那时候，我每吃一口饭，都好像尝到礼拜六晚上他们打我儿子的滋味。"

"上帝的意志是难以捉摸的。"神父说。

神父本人也觉得这句话没有多大说服力，一是因为人生经验已经多少把他变成了一个怀疑主义者，再则是因为天气实在太热。神父叮嘱她们把头包好，免得中暑。他连连打着哈欠，几乎就要睡着了。他睡意蒙眬地指点母女俩怎样才能找到卡洛斯·森特诺的墓地。还说回来的时候不用叫门，把钥匙从门缝下塞进来就行了。要是对教堂有什么布施，也放在那里。女人仔细听着神父的讲话，向他道了谢，但脸上没有丝毫笑容。

在临街的门打开之前，神父就觉察到有人把鼻子贴在纱窗上往里瞧。那是一群孩子。门完全敞开后，孩子们立刻一哄而散。在这个钟点，大街上通常没有人。可是，现在不光孩子们在街上，巴旦杏树下面还聚集着一群群的大人。神父一看大街上乱哄哄的反常样子，顿时就明白了。他悄悄地把门关上。

"等一会儿再走吧。"说话的时候，他没看那个女人。

神父的妹妹从里面的门里出来。她在睡衣外又披了一件黑色上衣，头发散披在肩上。她一声不响地瞅了瞅神父。

"怎么样？"他问。

"人们都知道了。"神父的妹妹喃喃地说。

"那最好还是从院门出去。"神父说。

"那也一样。"他妹妹说，"窗子外面净是人。"

直到这时，那个女人好像还不知道出了什么事。她试着透过纱窗往大街上看，然后从女孩手里把鲜花拿了过去，就向大门走去。女孩跟在她身后。

"等太阳落山再去吧。"神父说。

"会把你们晒坏的。"神父的妹妹在客厅深处一动也不动地说，"等一等，我借你们一把阳伞。"

"谢谢。"那个女人回答说，"我们这样很好。"

她牵着小女孩的手朝大街走去。

平常的一天
Un día de éstos

礼拜一清晨，天气温和，没下雨。六点钟，堂奥雷略·埃斯科瓦尔打开诊所的大门。他是一位没有正式学位的牙科医生，总是起得很早。他从玻璃柜橱里取出一副还装在石膏模子里的假牙，并将一把医疗器具放在桌上，从大到小依次排开，就像举办展览一样。他上身穿一件无领的条纹衬衣，领口用一颗金黄色纽扣扣住，下身穿一条带松紧背带的裤子。他身材僵直，瘦骨嶙峋，目光很少关注周围的事情，像煞聋子的眼神。

牙医把东西在桌上摆放好后，将牙钻机朝弹簧椅跟前推了推，然后坐下来仔细地打磨那副假牙。看样子，他好像没在想手上的活计，不过，他干活时有一股拗劲儿，就连不用牙钻机的时候，还在用脚踩踏板。

八点钟过后，牙医停下来，透过窗户望了望天空，看见两只沉思默想的兀鹫正在邻居家的屋脊上晒太阳。他接着干活，心想午饭前恐怕还得下雨。他那个十一岁的儿子走了调的刺耳喊声把他从出神中拉了回来。

"爸爸。"

"什么事？"

"镇长问你能不能给他拔颗牙。"

"跟他说我不在。"

牙医正在打磨一颗金牙。他伸直胳膊，手拿着金牙，半眯缝着眼仔细打量着。儿子在候诊室里又叫了起来。

"镇长说你在，他听见你说话了。"

牙医还在端详那颗金牙。干完活，把金牙放在桌上，他才说：

"那就更好了。"

牙医又去踩牙钻机的踏板，从一只存放待加工假牙的小纸箱里取出一副装着几颗假牙的牙托，动手打磨金牙。

"爸爸。"

"什么事？"

牙医还是那副表情。

"镇长说，你要是不给他拔牙，他就给你一枪。"

牙医不慌不忙，镇定自若地停下了踩踏板的脚。然后把牙钻机从弹簧椅跟前挪开，彻底拉开桌子最下面的抽屉。左轮手枪就躺在那里。

"好啊，"他说，"告诉他，来吧，毙了我吧。"

牙医把弹簧椅转了转，冲着门，一只手摁在抽屉沿儿上。这时候，镇长出现在门口。他左脸刮过了，可右脸颊肿得厉害，很疼，有五天没刮了。牙医从镇长憔悴的眼神里看出他度过了好几个绝望之夜。牙医用手指尖关上抽屉，轻声说：

"请坐。"

"早上好。"镇长说。

"早。"牙医说。

在开水里煮医疗器具的时候，镇长把脑袋靠在椅子的靠枕上，觉得舒服了些。他呼吸到一股冰冷的气息。诊疗室十分寒酸，只有一把旧木椅、一台踏板牙钻机，还有一个玻璃柜橱，里面有几个瓷瓶。木椅对面是一扇窗，挂着一人高的布窗帘。镇长觉着牙医朝他走过来，连忙蹬紧脚后跟，张开嘴。

堂奥雷略·埃斯科瓦尔把镇长的脸扭向光亮处。检查完那颗坏牙，他用手指小心翼翼地摆正了镇长的下巴。

"您用不了麻药了。"牙医说。

"为什么？"

"沤脓啦。"

镇长看了看牙医的眼睛。

"好吧。"镇长说，试着挤出个笑容。牙医没搭理他，还是不慌不忙地把装着煮过医疗器具的浅口锅拿到工作台上，用冰冷的镊子从水里夹出器具。接着，他用鞋尖踢开痰盂，在洗手盆里洗了洗手。干活的时候，牙医没看镇长一眼。但是，镇长目不转睛地瞄住牙医。

坏牙是下牙床的一颗智齿。牙医分开双腿站着，用热乎乎的拔牙钳夹紧那颗坏牙。镇长两手紧紧抓住木椅的把手，全身力量运到脚上，只觉得后腰阵阵发凉。不过，他没有哎哟一声。牙医只是动了动手腕。此时，他恨意全消，反而用一种又苦涩又柔和的语气说：

"在这儿,您算是给二十个死人偿命了,中尉。"

镇长只觉得颌骨咔咔作响,两眼噙满泪珠。直到觉出坏牙已经拔掉,他才长出了一口气。透过眼泪,他看到了牙齿。他觉得这颗牙不至于让他那么疼,实在不明白怎么先前一连五晚会那么折磨人。镇长热汗淋淋,呼呼带喘,冲着痰盂弯下腰,解开军衣扣子,在裤兜里摸手绢。牙医递给他一块干净的布。

"擦擦眼泪吧。"他说。

镇长照办了。他浑身发抖。牙医洗手的时候,抬头望了望墙皮剥落的天花板,看见一张聚满灰尘的蜘蛛网,上面粘着蜘蛛卵,还有几只死虫子。牙医边擦手,边往回走。"躺下吧,"他说,"拿盐水漱漱口。"镇长站起来,无精打采地向牙医行了个军礼。然后,拖着两腿朝门口走去,连军衣扣子也没扣上。

"账单送来。"他说。

"给您还是给镇政府?"

镇长没有看他。关上门,透过纱窗说:

"还不是一码事。"

咱们镇上没有小偷
En este pueblo no hay ladrones

鸡叫头遍，达马索回到家里。怀了六个月身孕的妻子安娜正坐在床上等他，衣服、鞋子都没有脱。油灯快要熄灭了。达马索顿时明白了，妻子整整守候了一夜，一秒钟也没有歇息。直到现在，尽管瞧见他站在跟前，她还在等着什么。达马索对安娜做了个手势，叫她别再担心了。她没有任何反应，只是用一双惊恐不安的眼睛直勾勾地盯住丈夫手里拿的那个红布包，双唇闭得紧紧的，战栗起来。达马索默默地用力抓住妻子的紧身胸衣，嘴里散发出一股又酸又臭的气味。

安娜听凭丈夫把自己凌空抱起来，身子往前一倾，趴在丈夫的红条纹法兰绒上衣上哭了起来。她搂住丈夫的腰，直到激动的心情慢慢平复。

"我坐着坐着就睡着了。"她说,"忽然间门开了,他们把你推进屋里,你浑身上下都是血。"

达马索没有吭声。他放开妻子,让她坐回床上,然后把布包撂在她膝盖上,就到院子里解手去了。安娜解开布包上的结,看到里面包着三个台球,两个白的,一个红的,已经打得伤痕累累、黯无光泽了。

达马索回到屋里,看见妻子惊诧地瞅着这几个球。

"这有什么用啊?"安娜问。

他耸了耸肩。

"打着玩呗。"

他系好布包,连同临时做的万能钥匙、手电筒和一把刀子一齐收好,放到箱底。安娜脸朝墙和衣躺下。达马索只脱了裤子,平躺在床上,在黑暗中抽着烟。在黎明窸窸窣窣的声响中,他极力想确认这次冒险是否留下了什么痕迹,直到发觉妻子还醒着。

"想什么呢?"

"什么也没想。"她说。

她的声音本来就像男中音,再加上这会儿肚子里有怨气,声音显得更加低沉了。达马索吸完最后一口烟,把烟蒂揿灭在地上。

"没什么了不起的。"他叹了口气说,"我在里面大概待了有一个钟头。"

"就差给你一颗枪子儿吃。"她说。

达马索猛然战栗了一下。"妈的!"他一边说着一边用手指节叩击着木头床沿,然后又伸手到地上摸索烟卷和火柴。

"你真是长了一副驴肝肺。"安娜说,"你也该想一想我在这儿睡也睡不着,街上一有动静,我就以为是他们把你的尸首抬回来了。"她叹息了一声,又接着说:"折腾了半天就弄回三个台球来。"

"抽屉里只有二十五生太伏。"

"那你索性什么也别拿回来。"

"既然进去了,"达马索说,"我总不能空着手回来啊。"

"那你拿点儿别的东西啊。"

"别的啥也没有。"达马索说。

"哼,哪儿也比不上台球厅里东西多。"

"说是这么说,"达马索说,"可进到里面,四下瞅瞅,到处翻翻,你就知道啦。什么有用的东西也没有。"

她沉默了好久。达马索想象她睁大眼睛、试图从记忆的暗处找出一些有价值的东西的样子。

"也许吧。"她说。

达马索又点燃了一支香烟。酒精弄得他头昏脑涨,只觉得身体又大又沉,非得强撑住才行。

"台球厅里有只猫,"他说,"一只大白猫。"

安娜翻过身来,把鼓囊囊的肚皮顶在丈夫的肚子上,小腿伸进他的两膝中间。她身上有股洋葱味。

"你害怕了吗?"

"我?"

"是啊,"安娜说,"听说男人也会害怕。"

他觉出她在笑,也就陪着笑了笑。

"有那么一点儿,"他说,"老是觉得憋不住,想撒尿。"

他让安娜吻了他一下,可是没去回吻她。接着,他向妻子详细讲述了这次冒险的经过,仿佛在回忆一次外出旅行。他很清楚这里面有多大的危险,但是一点儿也不后悔。

安娜沉默了很久才说:

"简直是疯了。"

"万事开头难嘛,"达马索合上眼说,"再说,这头一次还算过得去。"

烈日当空,时候不早了。达马索醒来的时候,他妻子已经起床一阵子了。他把脑袋伸到院子里的水龙头底下冲洗了几分钟,才算清醒过来。这是一排式样相同、互不相连的房间,达马索的家就是其中之一。有个公用的院子,院子里挂满晾衣服的金属线。靠后墙有一块用镀锡铁皮隔出来的地方,安娜在那里安放了一个做饭、烧熨斗用的炉子,还有一张吃饭、熨衣服用的小桌子。看见丈夫走过来,安娜连忙把熨平了的衣服放到一边,把铁熨斗从炉子上拿下来,热上咖啡。她比丈夫年龄大,肤色苍白,动作轻捷灵敏,一看就是个习惯了现实生活的人。

达马索感到有些头疼,昏昏沉沉的。他从妻子的眼神里看出她有什么话要对他说。这时,他才留意到院里的嘈杂。

"这一上午她们没谈别的事。"安娜一边给他倒咖啡一边悄悄地说,"男人们早就到那边去了。"

达马索确认了一下,男人和孩子们的确都不在院子里。他一边喝咖啡,一边一声不响地听着在太阳底下晾衣服的女人们的谈话。最后,他点上一支烟,走出了厨房。

"特蕾莎。"他叫了一声。

一个姑娘应了一声,手里拿着的湿衣服都贴到身上了。

"小心点儿。"安娜说。这时,那个姑娘走了过来。

"出什么事了?"达马索问道。

"有人钻进台球厅,把东西都偷走了。"姑娘说。

她仿佛知道全部细节似的,解释说那些人怎么把台球厅拆成一块一块的,连球台也给搬走了。说这些的时候,她非常肯定,连达马索也不能不信以为真了。

"瞎扯淡。"他回到厨房里说。

安娜哼起了一支歌,达马索把一把椅子靠在院墙上,竭力克制着他的焦虑。三个月前,他刚满二十岁。怀着一种秘密的牺牲精神,以及某种温柔的情感,他蓄起了两撇掩口胡髭,这让他因麻子而显得僵硬的脸上增添了几分成熟的气息。从那时起,他就觉得自己是个大人了。那天早上,他的脑袋隐隐作痛，当他茫然地回忆起头天晚上发生的那些事时，真不知道今后应该怎样活下去。

熨完衣服，安娜把干净的衣服分成了高度相同的两摞，准备上街去。

"早去早回啊。"达马索说。

"跟往常一样。"

达马索跟在妻子后面走进屋里。

"我把你的格子衬衫放在那边。"安娜说，"你最好别再穿那件法兰绒上衣了。"说罢，她两眼盯住丈夫那双猫一样明亮的眼睛，"也不知道有没有人看见你。"

达马索在裤子上擦了擦手心的汗。

"没人看见我。"

"谁知道呢。"安娜又说。她两手各托起一摞衣服。"还有，你最好暂时别出去。我先装作没事到那边去兜个圈子。"

镇上人人都在谈论这件事。关于事情的详细经过，安娜听到了好几种各不相同甚至互相矛盾的说法。她分送完衣服就直奔广场，而没有像以往每个礼拜六那样到市场上去。

台球厅门前的人没她想象的那么多。几个男人聚在巴旦杏树荫下闲聊。那些叙利亚人已经收起花花绿绿的碎布，准备去吃午饭。帆布棚下的杂货摊摇摇晃晃的好像在打瞌睡。在旅店的前厅里，一个男人张着嘴巴，叉开手脚，正躺在摇椅上睡午觉。十二点钟的炎热使一切都好像瘫痪了似的。

安娜顺着台球厅走过去。在经过码头对面的空地时，她碰见了一群人。这时候，她想起达马索跟她说过，台球厅的后门就正对着这块空地。这一点人人都知道，可只有台球厅的老主顾才会记在心里。过了一会儿，她用两只胳膊护住肚子混进了人群，两眼盯住被撬开的门。锁原封未动，只是门上的铁环像门牙似的被拔下来了一个。安娜看到这件孤独而不起眼的活儿竟然干得如此糟糕，不由得怀着一股怜悯之情想到了自己的丈夫。

"这是谁干的？"

她简直不敢朝周围瞧一眼。

"不知道，"有人回答说，"听说是个外乡人。"

"准没错，"安娜身后的一个女人说，"咱们镇上没有小偷。全镇的人谁都认识谁。"

安娜扭过头来瞧了瞧。

"是啊。"她淡然一笑说。这时候,她浑身上下都是汗水。在她身旁站着一个老头,颈背布满深深的皱纹。

"东西全偷走了?"她问。

"有二百比索,还有几个台球。"老头说。他用一种不合时宜的眼神审视了安娜一眼。"这下子可得睁着眼睡觉了。"

安娜急忙避开了他的目光。

"是啊。"她重复了这么一句,把一块布蒙在头上走开了,心里总觉着那个老头还在盯着她。

有一刻钟的时间,拥挤在空地上的人群举止恭敬,好像被撬开的门后停着一位逝者似的。随后,人群骚动起来,众人转向一个方向,拥向广场。

台球厅的老板站在门口,旁边是镇长和两个警察。老板又矮又圆,裤子全仗肚皮绷着。他戴着一副像是孩子们做的眼镜,看起来正在强打精神。

人们围住了他。安娜背贴着墙,听他向大家介绍情况,直到人群散去。然后,她在左邻右舍七嘴八舌的议论中回到家里,几乎透不过气来。

达马索躺在床上,反复思忖着昨天夜里安娜不知是怎么熬过来的，她又不抽烟，却一直等着他。一看见她微笑着走进来，从头上摘下被汗水浸透的布，达马索急忙把一支只吸了一两口的香烟在满是烟蒂的地上揿灭，急切地等她开口。

"怎么样？"

安娜跪在床前。

"你啊，不光是小偷，还是个骗子。"她说。

"为什么？"

"你跟我说抽屉里啥也没有。"

达马索皱了皱眉头。

"是啥也没有啊。"

"有二百比索。"安娜说。

"瞎说。"他抬高嗓门反驳说。从床上坐起来时，他又悄声道："只有二十五生太伏。"

安娜相信了丈夫说的话。

"真是个老恶棍。"达马索攥紧拳头说，"他就是想挨嘴巴子哪。"

安娜笑出声来。

"行了，别那么粗鲁。"

他终于也笑了起来。在他刮脸的时候,安娜把听来的事讲给他听。还说警察正在搜捕一个外乡人。

"他们说他是礼拜四来的,昨天晚上还看见他在码头上遛来遛去。"她说,"还说现在哪儿也找不着他啦。"达马索也在想着这个他从未见过的外乡人,有一瞬间他真的笃定地怀疑起了这个人。

"也许他已经溜走了。"安娜说。

达马索像往常一样花了三个小时梳洗打扮。第一件事就是一根一根地梳理胡髭。随后,在院子里的水龙头底下冲个澡。安娜紧跟在他后面,满怀深情地瞧着他细心地梳头。打她第一次看见达马索的那个晚上起,这种爱怜的情感就从未消退。看见身穿大红方格衬衫、照着镜子准备出去的达马索,安娜觉得自己又苍老又邋遢。达马索像个职业拳击手那样在安娜面前灵巧地弹跳了一下。安娜顺手抓住他的手腕。

"还有钱吗?"

"我是个大财主,"达马索心情很好地说,"有二百比索。"

安娜背过身去脸冲着墙,从怀里掏出一沓钞票。她给了丈夫一个比索,说了声:

"拿去吧，豪尔赫·内格雷特。"

那天夜里，达马索和一群朋友待在广场上。从农村带着产品前来赶礼拜天集市的人，在饮食摊和彩票桌之间搭起了帐篷，刚一入夜就听见他们的鼾声。达马索的朋友们似乎对台球厅失窃的事没多大兴趣，他们更想听一听棒球锦标赛的电台实况转播。可是，今晚台球厅不开门，他们也听不成了。大家你一言我一语地谈论着棒球，都没商量就一起走进了电影院，也不知道上映的是什么片子。

今天放的是坎廷弗拉斯主演的片子。坐在第一排的达马索毫不内疚地大笑着，他觉得自己恢复了平静。这是一个六月的良宵，在演出空隙，只有放映机发出微弱的光亮。在露天影院里，望得见满天幽静的星斗。

蓦地，银幕上的形象模糊了，池座后排的座位上发出一声巨响。顿时灯光大亮，达马索以为自己暴露了，打算赶快溜走，旋即看到全场的人都惊呆了。一名警察手里拿着一条卷起的皮带，正用沉重的铜搭扣下死劲儿地抽打一个人。那是一个身材高大的黑人。女人们大声喊叫起来，抽打黑人的警察也大声地吼叫着，盖过了女人的叫喊声："小偷！小偷！"

黑人在椅子间连滚带爬。两名警察紧追其后,边追边打他的后腰,最后一把抓住了他的后背。随后,那个抽打过他的警察用皮带将他双臂反剪,捆绑起来。三名警察推推搡搡地把黑人带到门口。事情发生得很快,直到黑人走过身边时,达马索才弄明白究竟发生了什么事。黑人的衬衣撕破了,脸上脏乎乎的,又是泥,又是血,又是汗。他呜呜咽咽地说:"杀人凶手,杀人凶手!"然后,灯熄灭了,又接着放电影。

达马索再也笑不出来了。他一支接一支地吸烟,眼里看到的只是一个不连贯的故事的零碎片段。最后,灯光大亮,观众们互相望了望,像是受到了现实的惊吓。"真带劲儿!"他边上有人喊了一句。达马索没看他。

"坎廷弗拉斯真棒。"他说。

达马索随着人流走到门口。卖食物的小贩带着家什回家了。十一点多,街上还有许多人等着从电影院里出来的人给他们讲一讲黑人被捕的经过。

那天夜里,达马索蹑手蹑脚地走进屋里。当安娜在半梦半醒间发觉他回来了时,他正躺在床上抽第二支烟。

"饭在火上温着。"她说。

"我不饿。"达马索说。

安娜叹了口气。

"我刚才梦见诺拉用黄油做小人儿。"她睡眼惺忪地说。猛然间她意识到刚才不知不觉又睡着了,于是转过身来朝着达马索,迷迷瞪瞪地用手揉了揉眼睛。

"外乡人被逮住了。"她说。

达马索顿了顿,问:

"谁说的?"

"是在电影院里逮住的。"安娜说,"好多人都在那儿。"

接着她讲了一个黑人被捕经过的误传的版本。达马索没有纠正她。

"可怜的人。"安娜叹了口气说。

"有什么可怜,"达马索激动地抗议说,"这么说,你是想叫我去蹲监狱啦?"

她心里明白达马索是反驳不得的。她觉得他又在抽烟了,呼哧呼哧地喘着粗气,活像个哮喘病人。就这样,他们一直待到鸡叫头遍。又过了一会儿,她觉得达马索站起来了,摸黑在屋里到处翻寻,他更多的是凭触觉而非视觉在活动。之后，她觉着他在床底下刨地，刨了约莫一刻多钟。她又觉着他在黑暗中脱了衣服，极力不弄出声响来。达马索不知道安娜一直在帮他，让他以为自己睡着了。安娜本能地觉察到发生了什么事。这时她恍然大悟，原来达马索当时就在电影院里，同时她也明白了他为什么要把台球埋到床底下。

礼拜一，台球厅开门了。一群兴奋的顾客一拥而入。球台上蒙着一块紫红色的绒布，令台球厅看上去有点儿像殡仪馆。墙上贴着一张通知："本室无球，暂停打台球。"人们走进来读着通知，好像在读一则新闻。有人久久地站在通知前面，津津有味地一遍又一遍地读着，让人感到莫名其妙。

达马索是来得最早的一批顾客。他平生有相当一部分时间是在台球观众席上度过的。台球厅一重新开放，他马上出现在这里。虽说难堪，但也就像上门吊唁一样，硬着头皮一下子也就过去了。他隔着柜台拍了拍老板的肩膀，对他说：

"真倒霉啊，堂罗克。"

老板苦笑了一下，摇摇头，叹口气说："你都看见了。"说完就忙着招呼其他顾客去了。达马索坐在柜台前的凳子上，望着蒙着紫红色丧布的幽灵似的球台。

"真是少见。"他说。

"是啊,"坐在他邻近凳子上的那个人说,"咱们就好像在过圣周一样。"

大部分顾客回家吃午饭去了。达马索把一枚硬币丢进自动电唱机,挑选了一首墨西哥民谣。这首歌在控制板上的位置他记得很清楚。这时候,堂罗克正在把小桌子、小椅子挪去大厅后头。

"你在干什么?"达马索问。

"我想摆上扑克牌。"堂罗克回答说,"在弄到台球之前总得搞点儿什么啊。"

他两只手臂上各挎了一把椅子,几乎是在摸索着走,看上去像一个新近丧妻的鳏夫。

"什么时候能弄到台球?"达马索问。

"用不了一个月吧,我希望。"

"过一个月,丢的球也该找回来了吧。"达马索说。

堂罗克满意地瞅了瞅摆成一排的小桌子。

"没戏。"他用袖子擦了擦额头上的汗,说,"他们从礼拜六起就不给黑人饭吃。可他就是不肯说出把球放在哪儿了。"

堂罗克透过被汗水模糊了的镜片打量着达马索。

"我想他一定是把球扔到河里去了。"

达马索咬了咬嘴唇。

"那二百比索呢?"

"也没找到。"堂罗克说,"在他身上只搜出来三十比索。"

他们互相望了一眼。达马索也说不清为什么他觉得和堂罗克望这一眼就好像在他们之间建立了同谋关系似的。当天下午,安娜从洗衣池那里看见她丈夫像个拳击手一样一蹦一跳地回来了。她跟在他屁股后面走进屋子。

"行了,"达马索说,"老家伙自认倒霉,已经托人去买新球了。现在单等大家把这件事一忘,就没事了。"

"那个黑人呢?"

"没事,"达马索耸耸肩说,"找不到球,他们就得把他放掉。"

吃过晚饭,他们俩往街门口一坐,和邻居们闲聊,一直聊到电影院的扩音器哑下来。睡前,达马索十分激动。

"我想到了世上最好的买卖。"他说。

安娜知道从傍晚起他一直在琢磨这件事。

"我从一个镇转到另一个镇，"达马索接着说，"在这个镇上偷台球，到下一个镇上把球脱手。反正每个镇上都有台球厅。"

"早晚你得吃枪子儿。"

"什么枪子儿不枪子儿的，"他说，"这种事只有在电影里才能看见哪。"他站在屋子当中，得意扬扬。安娜开始脱衣服，她表面上装作不在意，其实一直在留心听达马索说话，而且对他心怀怜悯。

"到时我就去买这么一大排衣服，"达马索一面说着，一面用食指比画出一个和墙一样大小的假想的衣柜，"从这儿到那儿。再买上五十双鞋。"

"但愿上帝能听见你说的话。"安娜说。

达马索面色一沉，瞪了她一眼。

"你对我的事不感兴趣。"他说。

"这些离我太远了。"安娜说。她熄了灯，背靠墙躺下，然后又有些苦涩地加了一句："等你三十岁的时候，我都四十七了。"

"别傻了。"达马索说。

他把手伸进口袋里去摸火柴。

"到那时,你也用不着再捶打衣服了。"说话的时候,他有些茫然。安娜替他划着了火柴。她两眼盯住火光,直到火柴着完,才把火柴棍丢掉。达马索躺在床上,又接着说:

"你知道台球是用什么做的吗?"

安娜没有回答。

"是用象牙做的,"他继续说,"很难买到,得一个月才能弄来。你懂吗?"

"快睡吧。"安娜打断他,"五点钟我还得起床呢。"

达马索恢复了常态。整个上午他都躺在床上抽烟,午睡后又梳洗打扮起来,准备出门。晚上,他在台球厅里听棒球锦标赛的电台实况转播。他这个人就是有这样一种美德:什么主意都是来得快,忘得也快。

"你还有钱吗?"礼拜六他问安娜。

"还有十一个比索。"她回答说。接着又轻声说:"这是交房租的钱。"

"我提议咱们做笔买卖。"

"什么买卖?"

"把钱先借给我。"

"还得交房租哪。"

"以后再交。"

安娜摇了摇头。达马索抓住了她的手腕,不让她从刚刚吃罢早餐的桌子旁边起身。

"就用几天。"达马索说。他心不在焉地轻轻抚摸着安娜的手臂,又说:"卖了台球,咱们就有钱啦,想买什么就买什么。"

安娜还是不肯。晚上,在电影院里,达马索一直搂着安娜的肩膀,就连中场休息和朋友谈话时,他的手也没有离开过安娜的肩头。他们看到的只是电影零零碎碎的片段。最后,达马索不耐烦了。

"那我只有去抢钱了。"他说。

安娜耸了耸肩。

"不管第一个碰上的是谁,我都给他一闷棍。"达马索说着话,一把将安娜推进了从电影院往外走的人群里,"这么一来,我就成了杀人犯,就会被关进监狱。"

安娜暗自笑了笑,还是不肯让步。两人争吵了整整一夜。第二天早晨,达马索急匆匆地穿上衣服,故意摆出一副吓唬人的架势。走过妻子身旁时，他咕哝了一句：

"我永远也不回来了。"

安娜情不自禁地微微颤抖了一下。

"祝你旅途愉快。"她喊道。

达马索把门一摔，一个对他来说空虚而漫长的礼拜天开始了。公共市场上摆着五光十色的零星物品。身穿亮丽服装的妇女们望完了八点钟的弥撒，领着孩子从教堂里出来。这一切都给广场增添了喜气洋洋的气氛。只是天气开始变得酷热难挨了。

这一天达马索是在台球厅度过的。上午，那里有几个男人玩扑克。午饭前有一阵子人多一些。然而，台球厅显然已经失去了吸引力。只有在傍晚转播棒球锦标赛实况的时候，这里才多少恢复了一些昔日的热闹。

台球厅打烊以后，达马索身处阒无一人的广场，也不知往哪里去才好。他循着远处传来的欢快的乐曲声，沿着和码头平行的大街往前走去。街尽头有一间宽绰、简陋的舞厅，里面装饰着褪了色的纸花环。舞厅深处的木台子上有个乐队。屋里飘动着一股令人窒息的脂粉香气。

达马索站在柜台前。一曲奏完，乐队里敲镲的小伙子走出来向跳过舞的人收钱。在舞池中央，一位姑娘离开了她的舞伴，朝达马索走过来。

"怎么样，豪尔赫·内格雷特？"

达马索叫她坐在自己身边。脸上搽着粉、耳边插了一朵康乃馨的酒保细声细气地问：

"喝点儿什么？"

姑娘冲着达马索问道：

"咱们喝点儿什么？"

"什么也不喝。"

"算我账上。"

"不是为这个，"达马索说，"我饿了。"

"唉，可惜啊。"酒保叹了口气说，"瞧瞧这双眼睛。"

达马索和姑娘走到舞厅尽头的餐馆里。从身形来看，她似乎还十分年轻，只是脸上搽的粉和胭脂，嘴上抹的口红让人猜不出她究竟有多大。吃完饭，达马索跟着她穿过黑洞洞的院子，走进院子深处的一间屋子。在院子里听得见睡熟了的牲口的呼吸声。屋里床铺上有一个刚出生几个月的婴儿，包在花花绿绿的破布里。姑娘把破布铺在一个木箱子里,把小孩放进去,然后把箱子放在地上。

"老鼠会把他啃了。"达马索说。

"不会的。"姑娘说。

她脱下大红衣服,换上了一件领口开得很低的大黄花衣服。

"他爸爸是谁?"达马索问。

"我压根儿不知道。"她说。随后,她在门口又说了一句:"我马上就回来。"

达马索听她锁上了门。他仰面朝天地和衣躺在床上,吸了几支香烟。曼博舞的节奏把床上的麻布震得一颤一颤的。他不知道什么时候睡着了。醒来的时候,音乐声已经停了,屋里显得更加空旷。

那姑娘正在床前脱衣服。

"几点啦?"

"大概四点了吧。"她说,"孩子没哭吗?"

"好像没有。"达马索说。

姑娘紧挨着他躺下,一面给他解衬衫纽扣,一面斜眼瞟着他。达马索知道她喝了不少酒。他打算把灯关上。

"别关,"她说,"我最喜欢看你的眼睛。"

屋子里充满农村清晨特有的声音。孩子哭了。姑娘把他抱到床上喂奶,嘴里哼着一支只有三个音符的歌,唱来唱去三个人都睡着了。七点来钟姑娘就醒了。她出去一趟,回来时没有抱着孩子。这些达马索一点儿也没发觉。

"大家都到码头上去了。"她说。

达马索觉得这一夜他只睡了不到一个小时。

"干什么去?"

"去看偷台球的那个黑人。"她说,"今天就要把他押解走了。"

达马索点燃了一支香烟。

"可怜的人。"姑娘叹息一声说。

"有什么可怜?"达马索问,"谁也没有逼着他当小偷啊。"

姑娘把头靠在他胸前,沉吟片刻才低声说:

"不是他干的。"

"谁说的?"

"我知道。"她说,"台球厅进去人的那天晚上,黑人和格洛丽娅在一起，第二天还一直在她家待到深夜。后来听说在电影院里把他逮走了。"

"格洛丽娅可以把这些告诉警察局啊。"

"黑人自己说了。"她说，"镇长到格洛丽娅家里去过了，把屋子翻了个底朝天，还说她是同谋，要把她关进监狱。后来花了二十比索才了事。"

八点钟前，达马索起床了。

"你就待在这儿吧。"姑娘对他说，"我去宰只鸡，咱们午饭吃。"

达马索拿着小梳子在手心敲了敲，然后把它放进裤子的后兜里。

"不行啊。"达马索边说边拽住姑娘的手腕，把她拉过来。她刚洗过脸，的确很年轻，一双又大又黑的眼睛流露出无依无靠的神色。她搂住了他的腰。

"留下吧。"她坚持说。

"永远吗？"

她脸色微微一红，就把他推开了。

"骗子。"她说。

那天早晨,安娜感到很疲乏。可是,镇上人声鼎沸,她也受到感染。她急急忙忙地把那个礼拜要洗的衣服收齐,就到码头上去看押解黑人上船了。一群人站在即将开走的小艇前不耐烦地等着。达马索也在那里。

安娜用两根食指捅了捅他两侧的腰眼。

"你在这儿干吗?"达马索跳了一下问道。

"来向你告别。"安娜说。

达马索用指关节敲击着路灯灯柱。

"妈的。"他说。

他点上一支烟,顺手把空火柴盒扔进河里。安娜从上衣里掏出一盒火柴,装进他的衬衣口袋。达马索脸上第一次露出了笑容。

"你啊,真是头母驴。"他说。

"哈哈。"安娜笑了。

过了一会儿,黑人被押到船上。他是从广场中央过来的,双手背在身后,手腕被绳子绑着,一个警察拽着绳子,另外两个荷枪的警察跟在旁边,黑人没穿衬衫,他下唇裂开,一边的眉毛肿着,像个拳击手。他一声不响地沉着脸,避开众人的目光。大部分人都聚集在台球厅门口,打算看一看这出戏里的两个主角。台球厅老板看见黑人走过来,沉默不语地摇了摇头。其余人带着看热闹的心情望着黑人。

小艇当即开走了。黑人坐在甲板上,手脚被绑在一个煤油桶上。小艇在河心兜了个圈,发出了最后一声汽笛响。这时,黑人背上闪过一道亮光。

"可怜的人。"安娜说。

"作孽啊。"她身旁的一个人说,"人哪里禁得住这么晒啊。"

达马索看了看,说话的是一个特别胖的女人。随后,他朝广场走去。

"你的话太多了。"他在安娜耳边轻声耳语,"就差把这件事大声嚷嚷开了。"

安娜陪他一直走到台球厅门口。

"起码你得回去换件衣服吧。"分手的时候安娜说,"你跟个叫花子似的。"

看完热闹,一群吵吵嚷嚷的顾客来到了台球厅。堂罗克得同时招呼几桌客人才能把大伙儿都照顾到。达马索等到堂罗克走过自己身旁时，对他说：

"要我帮忙吗？"

堂罗克把半打啤酒瓶放在他跟前，瓶上扣着杯子。

"谢谢你，小伙子。"

达马索把瓶子送到桌上去。他问了问几位顾客要点些什么，又继续把瓶子送来送去，直到大家去吃午饭才停下。清晨，达马索回家时，安娜知道他又喝酒了。她拉过他的手，放在自己的肚子上。

"你摸摸，"她对他说，"没觉出什么来吗？"

达马索显得冷冰冰的。

"他活着哪。"安娜说，"这一夜净在里面踢我。"

达马索还是不吭气。他在想心事，第二天一大早又出去了，直到半夜才回来。就这样过了一个礼拜。达马索很少在家里，一回到家就躺着抽烟，不愿讲话。安娜极力对他表现出关怀体贴。在他们刚开始共同生活的时候，有一回他也是这个样子。当时，她对他还不大了解，不知道不能过问他的事情。达马索把她按在床上，骑上去，打得她一个劲儿地淌血。

这一次，她干脆等着瞧了。晚上，她在油灯旁边放上一盒烟卷，她知道达马索不怕渴、不怕饿，就是不抽烟受不了。最后，七月中旬的一天，达马索黄昏就回家了。安娜有点儿紧张，她想达马索一定是觉得非常茫然，才在这个时候来找她。吃饭的时候，两口子一句话也没有说。临睡前，达马索有点儿恍惚，人也和善了些。他随口说了句：

"我想出去一趟。"

"往哪儿去？"

"哪儿都行。"

安娜朝屋子扫了一眼。她亲手剪下来的带电影明星照片的杂志封皮贴满了墙壁，封皮已经很旧，颜色也褪光了。她那么多次从床上看这些人像，从来没有注意到它们已经变成今天这种颜色。

"你讨厌我了。"她说。

"不是的，"达马索说，"我讨厌这个镇子。"

"这个镇和其他镇没什么两样。"

"在这儿，球脱不了手。"达马索说。

"别管什么球不球的啦。"安娜说，"只要上帝让我还有劲儿捶衣服,你就别去冒险了。"她停顿一下又轻声说:"我真不知道你怎么会干出这种事。"

达马索抽完一支烟才开口说:

"很简单啊,我不明白为什么别人没想到干这种事。"他说。

"还不是为了钱。"安娜说,"可是谁也不会这么傻,把球拿走啊。"

"我连想也没想。"达马索说,"到了那里,看见柜台后面的盒子里有球,我想,费那么大的事,空着手回来太不值得。"

"运气不好啊。"安娜说。

达马索感到一阵轻松。

"新球一时还来不了。"他说,"有人捎信说球涨价了。堂罗克说,这买卖做不成。"他又点燃了一支香烟。说着话,他觉得压在心头的那股阴暗心理慢慢消逝了。

他说台球厅老板已经决意把球台卖了。也值不了多少钱,因为台面上的呢绒让粗心的台球新手弄破了好些处,原来是用不同颜色的布补上的,现在还得整个儿换块新的。他还说,在球台旁度过大半生的顾客们现在除去听听棒球锦标赛的实况转播外,再没有其他娱乐了。

"一句话,"达马索最后说,"虽然不是有心的,咱们还是害惨了这个镇子。"

"自己也啥都没落着。"安娜说。

"下个礼拜锦标赛就要结束了。"达马索说。

"这还不是最糟糕的事。最倒霉的还是那个黑人。"

就像刚结婚的时候那样,她偎依在他的肩上,心里很清楚丈夫在想什么心事。等他抽完一支香烟,她小心翼翼地说:

"达马索。"

"干什么?"

"把球送回去吧。"

他又点上一支烟。

"几天来我一直在琢磨这件事。"他说,"烦的是怎么送回去。"

他们先是决定把球扔在一个公共场所。后来安娜想,这样只能解决台球厅的问题,黑人的问题还是解决不了。警察局可以对找到球这件事做出各种各样的解释,而不去释放黑人。何况还不能排除这样一种风险:有人拾到了球不还回去,自己留着卖掉。

"既然要干,就把事情干好。"安娜最后说。

他们把球刨出来。安娜把球包在报纸里,尽量让它露不出球的模样,然后放到箱子里。

"得等个机会。"她说。

等啊等,又过了两个礼拜。八月二十日晚上,偷球两个月后,达马索见到了堂罗克,他坐在柜台后面,正用一把棕榈叶扇赶蚊子。收音机关上了,他显得更寂寞了。

"我跟你说过了。"堂罗克好像办完了一桩心事,颇为愉快地说,"这些都见他妈的鬼去了。"

达马索把一枚硬币投进自动电唱机。音乐的音量、电唱机的指示灯似乎都在有力地证明他是个老实人。不过,他感到堂罗克对这些都没怎么注意。他搬过来一个凳子,想用一些模棱两可的话安慰安慰堂罗克。老板懒洋洋地扇着扇子,无动于衷地听他说话。

"没法子啦,"他说,"棒球锦标赛也不能赛一辈子啊。"

"球也许会回来。"

"不会的。"

"黑人也不能把球吃了。"

"警察到处都找遍了，"堂罗克绝望而肯定地说，"他把球扔到河里去了。"

"也许会出现奇迹。"

"别幻想了，小伙子。"堂罗克反驳道，"倒霉的事就像蜗牛一样。你相信奇迹吗？"

"有时候也信。"达马索说。

达马索离开台球厅时，电影还没有散场。扩音器传出了断断续续的大声对话，在黑魆魆的镇上回响着。只有几户人家还敞着门，大约是临时有点儿什么事。达马索在电影院四周徘徊了一阵儿，转身到舞厅去了。

乐队正在给一位顾客伴奏。这位顾客同时在和两名舞女跳舞。其余的舞女老老实实地靠墙坐着，像是在等着轮到自己。达马索坐在一张桌子旁，向酒保打了个手势，要他拿瓶啤酒来。他对着瓶子喝完啤酒，中间只稍稍喘了几口气，两眼像透过一层玻璃似的盯住那个和两名舞女跳舞的汉子。他比两个舞女都要矮小。

半夜，看完电影的女人纷纷来到舞厅，后面跟着一帮男人。达马索的那位女友也在中间。她离开人群，坐到达马索的桌子旁边。

达马索看也不看她。他已经灌下去半打啤酒了，眼睛还是直勾勾地望着那个正和三个舞女跳舞的汉子。这个男人不大搭理那几个舞女，只顾低头欣赏着自己复杂精细的舞步。看起来似乎很惬意。显然，假如他除了手脚之外再长上一条尾巴，那就会更惬意了。

"我讨厌这家伙。"达马索说。

"那你别看他好了。"姑娘说。

姑娘向酒保要了一杯酒。这时，舞池里开始挤满一对一对的舞伴。那个和三名舞女跳舞的汉子在舞池里照样显得旁若无人的样子。他一转身，刚好碰上达马索的目光。他跳得更欢了，朝达马索微笑着，露出了两颗大兔牙。达马索眼睛一眨也不眨地瞪着他，直瞪得他收起笑容，转过身去。

"他觉得自己很快活。"达马索说。

"是挺快活的。"姑娘说，"每次到镇上来，他都和其他旅行推销员一样，自己掏钱付伴奏费。"

达马索扭过脸来,斜着眼瞅了她一眼。

"那你跟他去吧。"他说,"眼下一吃三,叫他一吃四好了。"

姑娘没搭理他,扭过脸去朝着舞池,一口一口慢慢地啜饮着杯中酒。鹅黄色的衣服显得她越发怯生生的。

大家又跳了一轮舞。最后,达马索腻烦了。

"我都要饿死了。"姑娘说着挽起达马索的胳膊,拽着他向柜台走去,"你也该吃点儿东西了。"那个得意扬扬的汉子带着三名舞女正好朝这边转过来。

"听着。"达马索对他说。

那个人朝他微笑,但没停下脚步,继续跳着舞。达马索从他女友的臂弯里抽出身来,挡住那人的去路。

"我不喜欢你的牙。"

那人的脸一下子就白了,可还是带着笑容。

"我也不喜欢。"他说。

姑娘正要上前拦住达马索,他却抢先一步,朝那个人的脸上猛击一拳,对方应声倒在舞池中央。没有一位顾客出来劝架。那三个舞女拦腰抱住达马索,嘴里喊叫着。女友把他推到大厅深处。这时候,那个人站起身来,脸被打得扭曲了。

他像个猴子似的在舞池中央一跃而起,嘴里喊道:

"接着奏曲子!"

两点钟前后,舞厅里差不多空无一人。没有顾客的舞女都吃夜宵去了。屋里很闷热。姑娘把一盘配有豆角和煎肉的米饭端到桌上,用一把汤匙吃起来。达马索呆呆地望着她。她递过来一勺米饭。

"张嘴。"

达马索用下巴抵住前胸,摇了摇头。

"这是给娘儿们吃的。"他说,"男子汉不吃这个。"

他用手撑住桌子站了起来。刚站稳,酒保双手抱肩走到他的面前。

"九比索八十生太伏。"他说,"这儿可不是政府开的救济院。"

达马索把他推到一边。

"我不喜欢娘娘腔。"

酒保一把抓住他的袖子。姑娘冲酒保使了个眼色,酒保才把他放了,嘴里说:

"那你可不知道你错过了啥。"

达马索晃晃悠悠地走出来。月光下，小河河面闪烁着神秘的光亮，他的头脑清醒了一下，旋即又糊涂了。当达马索看到位于镇子另一头的自家家门时，他确信自己刚才边走边睡着了。他晃了晃脑袋，茫然而又急迫地感到从现在起需要步步小心。他轻手轻脚地推开门，尽量不让门轴发出声响。

安娜发觉丈夫在翻箱子。她翻了个身，脸朝着墙，躲开手电筒的光亮。又过了一会儿，她觉着丈夫还没有脱衣服。突然的一个念头使她从床上霍地坐了起来。达马索正站在箱子旁边，手里拿着包台球的纸包和手电筒。

他把食指放在嘴唇上。

安娜从床上跳下来。"你疯了。"她嘴里咕哝了一句就朝门口跑去，连忙上好门闩。达马索把手电筒、小刀和一把锋利的锉刀揣进裤袋，然后把纸包紧紧地夹在腋下，朝安娜走过来。安娜用后背抵住门。

"只要我活着，你就别打算出去。"她低声说。

达马索想要把她拉开。

"滚开。"他说。

安娜双手紧紧抓住门框。两个人你瞪着我，我瞪着你。

"你是头蠢驴。"安娜小声说,"上帝给了你这么一双眼睛,就没给你个好脑子。"

达马索揪住安娜的头发,扭住她的手腕,把她的头强按下去,咬牙切齿地说:

"跟你说了,滚开。"

安娜像一头上了轭的牛,扭过头来斜眼看着达马索。有一瞬间她连疼都忘了,觉得自己比丈夫力气更大。可是,达马索揪住她的头发不放,直到疼得她一个劲儿地掉眼泪。

"你要把我肚子里的孩子弄死了。"她说。

达马索几乎把她凌空抱起来扔到床上。他刚一松手,安娜一跃而起,从后面手脚齐上,把他抱住。两个人一块儿倒在床上,都憋得没劲儿了。

"我喊啦,"安娜趴在达马索的耳朵上小声说,"你要是再动,我就喊啦。"

达马索气得直呼哧,用包球的纸包使劲儿敲打她的膝盖。安娜呻吟了一声,两腿松开了。她马上又拦腰抱住丈夫,不让他到门口去。然后开始恳求他:

"我答应你,明儿个我自己把球送过去。"她说,"我一定神不知鬼不觉地把球放回原处。"

他们离门越来越近,达马索用球砸她的手。她一时松开了手,等疼劲儿一过去,又把他抱住,继续央求他。

"我就说是我偷的。"她说,"我现在这个样子,他们不能把我关进监狱。"

达马索挣脱开了妻子。

"全镇的人都会看见你的。"安娜说,"你简直是个笨蛋,也不看看月亮有多亮。"说着,她趁丈夫还没有完全抽下门闩又把他抱住了。她闭上眼,朝他脖子和脸上乱打一气。她几乎是在喊:"畜生!畜生!"达马索伸出手来自卫,安娜抱住门闩,从丈夫手里夺了过来,朝他头上打了下去。达马索往旁边一闪,门闩打在他的肩胛骨上,就像打在一块玻璃上。

"臭婊子。"他喊了一声。

此时,达马索顾不得出不出声了,他反手一拳打在安娜的耳朵上。只听得一声深沉的呻吟和身体猛撞在墙上发出的重响。可是,他根本没看她一眼。他离开屋子,连门也没关。

安娜躺在地上,疼痛令她茫然无措。她等着肚子里出点儿什么事。墙外面有人叫她,声音听起来就像从死人坟墓里发出来的一样。安娜咬了咬嘴唇，强忍住没哭出来。然后她站起身，穿上衣服。她没有想到——正如第一次她也没有想到——达马索还站在门口，正自言自语地说"计划泡汤了"，在等着她喊叫着跑出来。但是，安娜又犯了同样的错误：她没有出来追丈夫，而是穿上鞋，关好门，坐在床上等他回来。

门一关上，达马索才明白没有退路了。一阵犬吠声伴随着他走到街的尽头，随后就是一片鬼魅般的寂静。他没有走人行道，也不敢听自己的脚步声：在沉睡的小镇上，脚步声很响，好像是别人在走路。走到台球厅后门对过的空地时，他百倍警惕起来。

这一回他不用打开手电筒了。门只在上次被拔掉门环的地方加固了一下。从原来的地方挖下了一个形状尺寸和砖头一样的木块，换上了一块新木头，又钉上了原来的门环。其余一切照旧。达马索用左手拉拉锁头，把锉刀尖儿插进另一个没有加固的门环底部。像摇汽车的摇把一样，悠着劲儿把锉刀转了几下，朽烂的木屑噼噼啪啪地爆裂开来。推门之前，他把高低不平的门板往上抬了抬，为的是减少门板和砖地的摩擦。门打开了一半。最后，他脱下鞋，把鞋和包球的纸包悄悄地从门缝里放进去,这才手画十字挤进了洒满月光的台球厅。

首先呈现在他眼前的是一条幽暗的过道,两边堆满了空瓶子和空箱子。前方,从玻璃天窗透进一缕月光,月光下就是那张球台。再往前有几个门朝里的柜子。尽头是顶住前门的小桌子和椅子。除了那一缕月光和一片沉寂,一切都和第一次一模一样。直到这时,达马索才算控制住紧张的神经,感到一阵奇异的着迷。

这一次,他根本没去管那地面上松动的砖头。他用鞋把门推上,穿过那缕月光,打开手电筒,寻找柜台后面放球的盒子。他大大咧咧地用手电筒从左到右照了一遍,只看到一堆积满灰尘的小瓶子、一对马镫和马刺、一件卷起来的沾满机油的衬衣。然后,才看到小球盒子还放在上次他留下它的同一个地方。但他没有停下来,继续用手电筒照向柜台深处。那里卧着一只猫。

猫透过光亮毫无神秘感地望向他。达马索用手电筒一直照着猫,忽然打了个冷战,想起白天到台球厅来从来没见过这只猫。他用手电筒朝前照,说了声:"嘘!"猫还是无动于衷。

这时，他只觉得脑袋里轰地响起了一声喑哑的爆炸声，猫立时从他的脑海里消失得无影无踪。待他搞清楚发生了什么事，他已经松开了手电筒，把包球的纸包紧紧搂在胸口。台球厅一下子被灯光照得通明。

"哎呀！"

他听出了堂罗克的声音。他慢慢地直起腰来，觉得后腰疼得厉害。堂罗克从台球厅深处走过来，只穿着一条裤衩，手里拿着根铁棍，灯光照得他两眼迷离。在空瓶子和空箱子后面挂了一张吊床，离达马索进来时经过的地方不远。这也是和上次不同的地方。

堂罗克走到离达马索不到十米的地方跳了一下，立即戒备起来。达马索把拿纸包的手藏到身后。堂罗克皱了皱鼻子，他没有戴眼镜，把脑袋往前一伸，打算看看是什么人进来了。

"小伙子。"他喊道。

达马索觉得一件没完没了的事总算到头了。堂罗克垂下手中的铁棍，张着嘴走了过来。他没戴眼镜，也没装假牙，看起来像个女人似的。

"你在这儿干什么？"

"没干什么。"达马索说。

他身体微微一动,换了个姿势。

"你手里拿着什么?"堂罗克问。

达马索朝后退了一步。

"什么也没拿。"他说。

堂罗克脸涨得通红,周身战栗起来。

"你拿着什么?"他嘴里嚷嚷着,又举起铁棍朝前跨了一步。达马索忙把纸包递给他。堂罗克百倍警惕地用左手接过来,用手指头摸了摸,这才恍然大悟。

"这不可能。"他说。

他十分困惑,把铁棍放在柜台上,拆纸包时,似乎忘记了达马索。他一声不响地注视着几个台球。

"我来把球放回原处。"达马索说。

"那当然。"堂罗克说。

达马索脸色苍白,酒劲儿已经彻底过去了,只在他的舌头上留下了一股泥土的味道,还有一种说不清的孤独感。

"这么说,这就是奇迹喽。"堂罗克说着把纸包包好了,"我简直不敢相信你会这么蠢。"

他抬起头,板起了面孔。

"那二百比索呢?"

"抽屉里啥也没有。"达马索说。

堂罗克若有所思地望了他一眼,凭空嚼了嚼,然后微微一笑。

"啥也没有。"他一连重复了几遍,"这么说,是啥也没有。"

他又抓起铁棍,说道:

"那么,咱们马上去找镇长说说这个事吧。"

达马索在裤子上擦了擦手心的汗。

"您很清楚,里面啥也没有。"

堂罗克还在笑。

"有二百比索。"他说,"现在你得受点儿皮肉之苦了。倒不光因为你是个小偷,更因为你是个笨蛋。"

巴尔塔萨午后奇遇

La prodigiosa tarde de Baltazar

鸟笼子扎好了。照往常习惯,巴尔塔萨把笼子挂在屋檐下面。刚吃过午饭,人们到处在说,这是世上最漂亮的笼子。来看笼子的人很多,屋前汇聚了嘈杂的人群。巴尔塔萨只好把笼子摘下来,关上木匠铺大门。

"你得刮刮胡子了。"他妻子乌尔苏拉说,"都快成嘉布遣会①修士啦。"

"午饭后,不宜刮脸。"巴尔塔萨说。

巴尔塔萨的胡须长了两个礼拜,又短又硬,齐刷刷的,

---

① 罗马天主教方济各修会分支。

好像骡子的鬃毛。他总是一副受惊的少年模样。可事实并非那样。二月，他就满三十岁了。四年前，他和乌尔苏拉开始一起生活，他们既没结婚，也没生孩子。生活中，有很多事会让他保持戒心，但是，还没什么事能让他受惊。他甚至不知道有些人认为他刚扎好的笼子是世上最漂亮的。从孩童时起，他就习惯了扎笼子。那只笼子扎起来并不比其他笼子费劲儿。

"那么，你就休息一会儿吧。"妻子说，"胡子拉碴的，你哪儿也不能去。"

巴尔塔萨休息的时候，不得不一次又一次从吊床上起来，陪着左邻右舍看鸟笼。乌尔苏拉一直没有搭理他。丈夫干木匠活儿不怎么上心，一门心思地扎鸟笼子，惹得她不大高兴。一连两个礼拜，他睡不好觉，辗转反侧，还说胡话，想也没想过要刮刮胡子。可是，笼子扎好了，她的气也就消了。巴尔塔萨午睡醒来，妻子早已为他熨好了裤子、衬衣，放在吊床旁边的一个座椅上。她把笼子挪到饭厅的桌上，一声不吭地欣赏着。

"你打算要多少钱？"妻子问。

"不知道。"巴尔塔萨回答说,"要三十比索吧,看看买主会不会给二十比索。"

"你就要五十比索。"乌尔苏拉说,"这十五天,你净熬夜了。再说,这鸟笼个头大。我觉着它是我这辈子见过的最大的鸟笼子。"

巴尔塔萨动手刮胡子。

"你以为,他们会给我五十比索?"

"对堂切佩[①]·蒙铁尔来说算不了什么,而且这笼子确实值那么多钱。"乌尔苏拉说,"你该要六十比索。"

他们家坐落在一个憋闷的背阴地方。此时,正是四月的第一个礼拜。蝉声阵阵,热气似乎更闷人了。巴尔塔萨穿好衣服,打开大门,好让屋里透透凉气。这时,一群孩子走进饭厅。

鸟笼的消息传开了。奥克塔维奥·希拉尔多大夫是位上了年岁的医生,他热爱生活,却厌倦了行医。他和残疾的老伴儿一起吃午饭时,一直琢磨着巴尔塔萨的笼子。天热的时

---

①何塞的昵称。

候,他们把桌子放在内院的露台上。那里有好多花盆,还有两只鸟笼子,养着金丝雀。

老伴儿喜欢鸟,越是喜欢鸟,就越是痛恨猫,因为猫会吃鸟。希拉尔多大夫惦记着鸟笼子,下午出诊回来的时候,路过巴尔塔萨家,特意去看了看。

饭厅里聚集着很多人。鸟笼放在桌上:硕大的顶部是铁丝制成的。笼子共有三层,以通道相连,有专供小鸟吃饭、睡觉的隔间,还在特意留出的空间里安放了供鸟儿玩耍的秋千。这只鸟笼就像一座巨大的制冰厂的微缩模型。大夫仔仔细细地审视笼子,没有用手碰,心想,这只笼子实在比传闻中的还要漂亮,比他梦想送给老伴儿的鸟笼子漂亮多了。

"真是奇思妙想啊。"他说。大夫在人群里寻找巴尔塔萨,用充满慈爱的双眼盯着他,又说:"你本来应该是杰出的建筑师。"

巴尔塔萨脸红了。

"谢谢。"他说。

"这是实话。"大夫说。他长得胖乎乎的,皮肤柔滑细嫩,就像那些年轻时美貌的女人那样,两手也很柔嫩。他说话听上去像神父在讲拉丁语。"甚至于不必用来养鸟啦。"大夫边说，边在人们面前转动笼子，似乎在兜售这个物件，"只要把它挂在林子里，它自个儿就能唱歌。"他把笼子放回桌上，想了想，盯住笼子说：

"好吧，鸟笼子我要了。"

"已经卖出去了。"乌尔苏拉说。

"是堂切佩·蒙铁尔的儿子的。"巴尔塔萨说，"是他专门让我做的。"

大夫摆出一副得体的模样。

"样子是他给你的？"

"不是。"巴尔塔萨说，"他说要一只大笼子，什么样的都行，好养一对美洲黄鹂。"

大夫看了看笼子。

"这也不是养黄鹂的笼子啊。"

"当然是了，大夫。"巴尔塔萨边说边朝着桌子走过来。孩子们把他团团围住。"尺寸都是好好量过的。"说着，巴尔塔萨用食指指着各个隔间。然后，用指关节敲了敲笼子顶部，笼子发出深沉的和音。

"这铁丝是我能找到的最结实的。每个接口都是里外焊接的。"巴尔塔萨说。

"都能养鹦鹉了。"一个小男孩插嘴说。

"就是嘛。"巴尔塔萨说。

大夫摇了摇脑袋。

"好吧,可是他没给你样子。"大夫说,"他没有讲明托你扎个什么样的笼子,不过是要一个能养美洲黄鹂的大笼子。是不是这样?"

"是这样。"巴尔塔萨说。

"那就没问题了。"大夫说,"一个装黄鹂的笼子是一回事,这个笼子是另一回事。谁也证明不了这个笼子就是他托你扎的那个。"

"就是这个笼子嘛。"巴尔塔萨听糊涂了,"就为这个我才扎的。"

大夫露出不耐烦的表情。

"要不你再扎个笼子。"乌尔苏拉看着丈夫说。接着,又对大夫说:"您也不着急嘛。"

"我答应过老伴儿今天下午就给她。"大夫说。

"很遗憾,大夫。"巴尔塔萨说,"可是,已经卖出去的东西,不能再卖了。"

大夫耸了耸肩,用手绢擦干脖子上的汗水,默默地欣赏那个笼子,两眼一直盯住某个不确定的地方,仿佛在看一只远去的航船。

"他们给了你多少钱?"

巴尔塔萨看了看妻子,没有回答。

"六十比索。"她说。

大夫还在盯着笼子。

"实在是很漂亮。"大夫叹了口气,"太漂亮了。"

随后,他朝门口走去,边走边使劲儿给自己扇凉风,面带笑容,刚才的经历从他脑海里永远消失了。

"蒙铁尔很有钱。"他说。

其实,何塞·蒙铁尔并非像看上去那么有钱。不过,为了有钱他的确什么都肯做。在离巴尔塔萨家几个街区的地方,有一座房子,里面堆满各种器物。没人听说过那儿有什么不能卖的。何塞·蒙铁尔对笼子的消息漠不关心。吃完午饭,他那位被死亡困扰、饱受折磨的妻子关好门窗,打算瞪着双眼在屋内的阴凉处躺上两个钟头。与此同时，何塞·蒙铁尔正在午睡。嘈杂的人声惊扰了她。她打开客厅门，看见屋前站了一群人，巴尔塔萨拿着鸟笼也在其中。他身穿白色衣服，刚刚刮过脸，一副毕恭毕敬的神态，穷人来到富人家里都是这样。

"多神奇的物件啊。"何塞·蒙铁尔的妻子喊道，露出一副神采奕奕的模样。她将巴尔塔萨引到屋内。"我这辈子还没见过这样的玩意儿。"她说。由于对聚在门口的人群很恼火，她又补了一句："拿着东西到里面来，这些人快把客厅变成斗鸡场了。"

在何塞·蒙铁尔家，巴尔塔萨不是生客。他干活利落，手艺也好，时常被叫过来干些零碎的木匠活。不过，他在富人当中老是觉得不舒服。他时常想到他们，想到他们吵吵闹闹、相貌丑陋的妻子，以及他们那些吓人的外科手术，常常产生一种怜悯的感情。每当进入富人家里，他只有拖着两脚才能活动。

"佩佩在吗？"他问。

他已经把鸟笼子放在了桌上。

"在学校哪。"何塞·蒙铁尔的妻子说,"不过,不会耽搁多大工夫。"她又说了一句,"蒙铁尔在洗澡。"

其实,何塞·蒙铁尔没时间洗澡。他急急忙忙地用樟脑酒精按摩了一阵儿,好出来看看发生了什么事。他是个小心谨慎的人,睡觉也不开电风扇,为的是睡梦中也能听到屋里的动静。

"过来看看,多神奇的玩意儿。"妻子大声说。

何塞·蒙铁尔从卧室的窗口探出身来。他身材肥胖,毛发很多,后脖颈上挂着块毛巾。

"什么玩意儿?"

"佩佩的鸟笼子。"巴尔塔萨说。

何塞·蒙铁尔的妻子迷惑不解地望着他。

"谁的?"

"佩佩的。"巴尔塔萨肯定地说。然后,他冲着何塞·蒙铁尔说:"佩佩让我扎的。"

那一刻,什么事也没发生。可巴尔塔萨感觉到有人打开了浴室的门。何塞·蒙铁尔穿着内裤从卧室走了出来。

"佩佩。"他大叫一声。

"还没回来。"他妻子咕咕哝哝地说,没动地方。

佩佩出现在门口。他十二岁左右,眼睫毛曲曲弯弯,神情安定而痛苦,跟他妈妈一个样儿。

"过来。"何塞·蒙铁尔说,"是你让他扎这个的?"

孩子低下了头。何塞·蒙铁尔揪住他的头发,强使他看着自己的眼睛。

"说呀。"

孩子咬了咬嘴唇,没有回答。

"蒙铁尔。"他妻子嘟嘟囔囔地说。

何塞·蒙铁尔松开了孩子,转过身来,神情激动地冲着巴尔塔萨。

"很遗憾,巴尔塔萨。"他说,"不过,干活前,你应该先和我商量商量。只有你才会跟一个孩子订合同。"说话间,他的脸色越来越宁静。他拿起鸟笼子,看也没看,就递给了巴尔塔萨。"立马把它拿走。谁愿意要,你就设法卖给谁。我特别求求你别跟我吵嘴。"他拍了拍巴尔塔萨的后背,解释说:"大夫不让我发火。"

孩子站在一旁,一动不动,连眼都没有眨一眨,直到巴尔塔萨拿着鸟笼子惶惑不安地看了他一眼。孩子这才从喉咙里吭出一声,就像小狗打呼噜,随即倒在地上,喊叫了几声。

何塞·蒙铁尔冷冰冰地看着孩子,他妻子打算哄哄孩子。

"别扶他起来。"何塞·蒙铁尔说,"让他在地上碰破脑袋,你再给他撒上盐,洒上柠檬,让他可着心地号吧。"

孩子尖声大叫,可是没有流泪。他妈妈拉着他的手腕。

"放开他。"何塞·蒙铁尔坚持说。

巴尔塔萨看着孩子,好像在看一只得了传染病的动物垂死挣扎。快四点钟了。

此时,乌尔苏拉在家里一边唱着一首非常古老的歌曲,一边在把洋葱切片。

"佩佩。"巴尔塔萨说。

他面带微笑,走到孩子身边,把鸟笼子递给他。孩子一跃而起,抱住那个几乎和他一般大的笼子。他透过铁纱网看着巴尔塔萨,不知道说什么。他没有流一滴眼泪。

"巴尔塔萨,"蒙铁尔轻声说,"我跟你说过了,把笼子拿走。"

"还给他。"妈妈命令孩子说。

"你留下吧。"巴尔塔萨说。然后,他又对何塞·蒙铁尔说:"说来说去,我是为他做的。"

何塞·蒙铁尔跟着巴尔塔萨走到客厅。

"别犯傻,巴尔塔萨。"蒙铁尔拦住他说,"把你的破玩意儿拿回家,别再干傻事。我不会付给你一分钱。"

"没关系。"巴尔塔萨说,"我扎这个鸟笼子就是特意送给佩佩的。没想过收钱。"

巴尔塔萨穿过堵在大门口的好奇的人群。何塞·蒙铁尔还站在客厅中央大声喊叫。他脸色苍白,两眼开始发红。

"蠢货。"他喊道,"把你的破烂儿拿走。就欠个瘪三到我家里来发号施令了。妈的!"

台球厅里,人们齐声欢呼,迎接巴尔塔萨。直到那时,巴尔塔萨还觉得,他扎好了一只鸟笼,胜过其他鸟笼,又不得不把它送给堂切佩·蒙铁尔的孩子,好让他别再哭了,这些事都没什么了不起的。

但随后他明白了,对很多人来说,这种事毕竟有些意义。他感觉有点儿激动。

"这么说,他们买笼子给了你五十比索。"

"六十。"巴尔塔萨回答说。

"这可是千载难逢啊。"有人说,"从切佩·蒙铁尔那儿拿到这么多钱的,你是头一个。可得庆祝一番。"

有人递给他一杯啤酒。巴尔塔萨依次向所有人回敬了一杯。他第一次喝酒,天擦黑的时候,已经喝得酩酊大醉了。巴尔塔萨大谈他要扎出上千个价值六十比索的笼子的庞大计划,然后,再扎出一百万个笼子,凑足六千万比索。

"要多做些玩意儿,好在有钱人都咽气以前把东西卖给他们。"巴尔塔萨醉醺醺地说,"他们全都病了,快要死了。瞧他们那副倒霉相,连火都发不起来了。"

巴尔塔萨出钱,让自动电唱机一连两个钟头不停地播放音乐。所有人都为巴尔塔萨的健康、福气、财运干杯,还为有钱人活不成干杯。可是,到了吃晚饭的时候,大家把他一个人丢在了大厅里。

乌尔苏拉准备好一盘洋葱煎肉,等着巴尔塔萨回来,一直等到了八点钟。有人告诉她,她丈夫在台球厅里,高兴得简直要发疯了,给每个人敬啤酒。可她不相信,因为巴尔塔萨从来没醉过。她躺下的时候,快午夜了。巴尔塔萨还在灯火通明的台球厅。那儿有几张小桌子,每张桌子周围有四把椅子。外头还有个露天舞场,几只石鸨鸟在那儿走来走去。巴尔塔萨的脸红通通的,一步也迈不开,心里想着,真想和两个女人同睡在一张床上。花费了那么多,只好把手表留下做抵押,答应明天送钱来。过了一会儿,他跌倒在大街上,觉着有人在脱他的鞋子。可他不想打断一生中最得意的美梦。几个赶着望五点钟弥撒的女人走过来,都不敢看他,以为他死了呢。

蒙铁尔的寡妇

La viuda de Montiel

堂何塞·蒙铁尔死了。除了他的寡妇以外，人人都觉得大仇已报。可是，好几个钟头之后，大家才确信他真的死了。好多人看到尸体后还将信将疑。尸体躺在热烘烘的灵堂里，那口黄色的棺材浑圆浑圆的，像个甜瓜，尸体周围塞满亚麻布枕头和被单。死人的脸刮得干干净净，穿着一身白色衣服和一双漆皮靴子，脸色很好，比生前任何时候都显得有生气。他还是那位每逢礼拜天就去望八点钟弥撒的堂切佩·蒙铁尔，只是现在他手中拿的不是鞭子，而是十字架。必得拧紧棺材盖上的螺丝钉，把棺材砌进豪华的私家陵墓，全镇人才会相信他不是在装死。

葬礼过后,除了寡妇以外,大家都觉得只有一点难以置信——何塞·蒙铁尔居然会自然死亡。当大家都盼着他在某次伏击中被人从背后枪击而丧生时,只有寡妇相信她会看着他老死在床上,忏悔完毕,毫无痛苦,像个现代圣徒一样死去。她只搞错了一些细节。某个礼拜三下午两点,何塞·蒙铁尔死在了他的吊床上,原因是大夫严禁他生气,他却偏偏大动肝火。他老婆以为全镇人都会来参加葬礼,送来的花会多到屋子都装不下。可是,到场的只有蒙铁尔的同党以及宗教团体,收到的只有镇政府送来的花圈。他儿子从驻德国领事馆、两个女儿从巴黎都发来三页纸的唁电。看得出来,他们是站着用邮局的公用笔写的;撕掉了不少表格,最后才找到价值二十美元的词句。他们谁也没有答应回来。那天晚上,蒙铁尔的寡妇趴在给了她幸福的丈夫枕过的枕头上痛哭了一场,六十二岁上,她才第一次尝到了愤恨的滋味。"我要永远闭门不出了。"她在想,"我好像也被塞进了何塞·蒙铁尔的那口棺材。我再也不想知道世上的任何事了。"她是真心实意的。

寡妇身体虚弱,备受迷信折磨。二十岁那年奉命嫁给了唯一那个父母允许她在十米以内会面的求婚者。她从来没有和现实生活直接打过交道。她丈夫的尸体从家里挪走三天后,眼泪令她明白,她应该振作起来。但是,她又无法找到新生活的方向。一切都得从头开始。

何塞·蒙铁尔带进坟墓里的无数秘密都和那只保险箱里装的东西有关。镇长负责处理这个问题。他叫人把保险箱挪到院子里,靠在墙边。两个警察用步枪朝着锁头连连射击。整个上午,寡妇待在卧室里,只听得随着镇长的大声号令,一次又一次响起了闷哑的枪声。"就差这事儿了。"她在想,"一连五年,我祈求上帝让他们别再开枪了。可现在,我得感谢上帝让他们在我家里开枪。"那天,她竭力集中精神,呼唤死神,但没有得到回应。快入睡时,巨大的爆炸声震得房子的地基一个劲儿地摇晃:他们不得不用炸药炸开保险箱。

蒙铁尔的寡妇叹了口气。绵绵阴雨让这个十月显得无比漫长。她不知所措,在何塞·蒙铁尔杂乱无章的巨大庄园里漫无目的地走来走去。勤劳的老仆人卡米查埃尔先生一力承担起管理家务的职责。最后,蒙铁尔的寡妇终于直面她丈夫已经死去的事实,这才走出卧室,处理家务。她去掉家里的一切装饰，用黑布蒙上家具，在墙上挂着的死者遗像周围挂上黑布条。葬礼后一连两个月，她闭门不出，养成了咬指甲的习惯。有一天，她哭得两眼肿胀，红通通的，觉出卡米查埃尔拿着一把撑开的伞走了进来。

"收起那把伞，卡米查埃尔先生。"她说，"咱们倒霉事够多的了，就差您拿把撑开的伞进来了。"

卡米查埃尔先生把伞放在角落。他是个上了年纪的黑人，皮肤泛着光泽，穿一身白色衣服，鞋子上用刀子割开了几个小口，好让鸡眼别太挤着。

"等伞干了我就把它收起来。"

丈夫去世以来，寡妇第一次打开了窗子。

"倒霉事这么多，还有这个冬天。"寡妇咬着指甲嘟嘟囔囔地说，"看样子，这雨永远不会停了。"

"今天和明天都停不了。"管家说，"昨天晚上，鸡眼闹得我根本没法睡。"

寡妇相信卡米查埃尔先生的鸡眼对天气的预测。她望了望阒无一人的小广场、寂寞无声的邻舍，这些人都没有打开大门观看何塞·蒙铁尔的葬礼。此时，她对自己的指甲、无边无沿的土地以及丈夫遗留给她的无数份永远弄不明白的协议书,完全绝望了。

"这个世界太糟糕了。"寡妇低声抽泣。

那些日子,前来拜访寡妇的人有理由认为她已经神志不清。但其实,她从来没有像那会儿那么清醒。在政治大屠杀开始以前,她就在自家窗前度过了那些阴惨惨的十月上午,对死者怀着无限怜悯,想着:假如上帝星期日不曾休息,就有时间让世界终结了。

"他应该用好那一天,就不会留下这么多糟糕的事情了。"寡妇说,"那么一来,他就能永远歇着啦。"

丈夫死后,唯一的变化就是她有了怀着阴郁念头的具体理由。

就这样,在蒙铁尔的寡妇备受绝望折磨时,卡米查埃尔先生正在试图阻挡灾祸降临。事情进展得不妙。何塞·蒙铁尔用恐怖手段独霸当地的商业活动,一旦摆脱了他的威胁,老百姓立刻采取报复行动。顾客迟迟等不来,牛奶在院中堆积如山的罐子里凝固了,蜂蜜在皮口袋里发酵了,奶酪在仓库阴暗的柜橱里喂肥了虫子。何塞·蒙铁尔躺在装饰着电灯泡和仿大理石大天使的陵墓里,正为他六年来的杀人和欺压暴行付出代价。在本国历史上,从来没有一个人在这么短的时间内发财致富。独裁政权的第一任镇长刚到镇上那会儿,何塞·蒙铁尔还是一个谨小慎微、对所有政权都拥护的应声虫。当时,他已经穿着裤衩,坐在米仓门口度过了半生。有一段时间,他赢得财运亨通、信仰虔诚的名声,因为他高声允诺只要赢了彩票,就给教堂捐赠一尊一人高的圣约瑟像。两个礼拜后,他赢了六注,履行了诺言。而人们第一次看见他穿鞋子,就是在新镇长到任时。新镇长是一名警官,左撇子,性情粗野,曾明确下令铲除反对派。何塞·蒙铁尔当起了他的秘密线人。作为一个朴实的商人,何塞·蒙铁尔那副胖人特有的安详神气没有引起人们丝毫不安。他区分开政敌中的穷人和富人。对穷人,警察在公共广场上把他们打得遍体鳞伤。对富人,限他们二十四小时内离开本地。何塞·蒙铁尔一连几天整日和镇长关在令人憋闷的办公室里,策划一场大屠杀。与此同时,他妻子却在怜悯死去的人。镇长走出办公室的时候,她拦住了丈夫。

"那人是个罪犯。"妻子对他说,"你得利用你在政府里的影响,让他们把那个野兽撵走,他会把镇上的人杀得一个不留。"

何塞·蒙铁尔那些天忙得不可开交,看也不看他老婆,一把推开她说:"别冒傻气啦。"其实,蒙铁尔的生意并非屠杀穷人,而是赶走富人。待镇长用枪把富人的大门打得千疮百孔,给富人定下离开镇子的时限,何塞·蒙铁尔就以他自己定下的价钱收买富人的土地和牲口。

"别犯傻了。"老婆对他说,"你帮他们,让他们不至于在外地饿死,可你准得破产,而他们永远不会感激你。"

何塞·蒙铁尔连笑一笑的时间都没有,推开她说:

"回你的厨房去,别在这儿烦我。"

照这个速度,不到一年,反对派被消灭了。何塞·蒙铁尔成为镇上最有钱有势的人。他把女儿们送到巴黎,为儿子谋得驻德国领事的差事,竭尽全力巩固他的王国。可是,他享受这份不义之财还不到六年时间。

蒙铁尔死去一年之后,只有传来坏消息时,寡妇才会听到楼梯被压得吱吱地响。有人总在傍晚时分来访。"土匪又来了。"他们说,"昨天抢走了五十头小牛。"蒙铁尔的寡妇一动不动地躺在摇椅上,咬着手指甲,心中只有愤恨。

"我跟你说过,何塞·蒙铁尔。"她自言自语地说,"这是个不知道感恩的镇子。你在坟墓里尸骨未寒,人人都扭过身子,背朝着我们啦。"

没有人再来她家。在那些阴雨连绵的月份里,她唯一看到的人就是那位忠心耿耿的卡米查埃尔先生。每次走进家门,他手里总是拿着一把撑开的伞。事情完全没有好转。卡米查埃尔先生给何塞·蒙铁尔的儿子写了好几封信,建议这位少东家回来照管生意,甚至还答应由自己来照顾寡妇的健康。他收到的都是些含糊其词的回答。最后,何塞·蒙铁尔的儿子干脆说,他不敢回来,是怕有人朝他开枪。于是,卡米查埃尔先生上楼来到寡妇的卧室,不得不向她坦承,她已经破产了。

"这更好。"她说,"什么奶酪啊,苍蝇啊,我是烦透了。只要您愿意,缺什么就拿什么。让我安安静静地死了吧。"

打那以后,她和世界唯一的接触就是每到月末给她女儿们写信。"这是个该死的镇子。"她对女儿们说,"永远留在那边吧,不用惦记我。知道你们幸福,我也就幸福了。"女儿们轮流给她回信，口气总是那么愉快。看来，信是在温暖、明亮的地方写的，停笔思索的时候，她们一定曾在许多镜子前面照来照去。她们也不打算回来。"这里才是文明世界。"她们说，"那里的环境不适合我们。人不能生活在一个因为政治问题就杀人的野蛮国度里啊。"蒙铁尔的寡妇读着信件，感觉好些了，对每句话都点头称是。

有一次，女儿们跟她谈起巴黎的肉市。她们说，那里宰杀玫瑰色的小猪，把整猪挂在门上，用花冠、花环装扮起来。最后，一行和她女儿们字体不一样的字迹补充道："想象一下，人们把最大最美丽的康乃馨插进猪屁股里。"读了那句话，蒙铁尔的寡妇两年来第一次露出了笑容。她上楼去卧室，没有关上屋里的电灯。躺下之前，她把电风扇扭向墙壁，然后从床头柜的抽屉里拿出一把剪刀、一卷胶布和念珠，裹好咬伤的右手大拇指的指甲。随后，她开始祈祷，念到第二个经段时把念珠交到左手，因为隔着胶布，她数不准珠子。有一阵子，她听到远处雷声隆隆。随即，脑袋耷拉在胸前睡着了。拿着念珠的手顺着体侧滑了下去。这时候，她看见格兰德大妈站在院子里，裹着白被单，梳子放在裙兜里，用大拇指捻虱子。寡妇问：

"我什么时候死啊？"

格兰德大妈抬起头，说：

"到你觉得胳膊累了的时候。"

周六后的一天

Un día después del sábado

心神不定是从七月开始的。雷薇卡太太是个忧悒的寡妇，住在一所非常宽敞的宅邸里，有两条走廊、九间卧室。七月的一天，她发现纱窗破了，像是从街上用石头砸破的。她先是发现卧室的纱窗破了。原打算把这件事告诉阿赫妮达，丈夫去世以后，阿赫妮达成了她的用人和知己。后来，在倒腾杂七杂八的东西时（顺带说一句，很久以来，雷薇卡太太除了倒腾倒腾东西之外，也就无所事事了），又发现不单是那间卧室的纱窗破了，所有房间的纱窗上都有窟窿。雷薇卡太太对地方当局素来怀有一种正统的情感。这大约继承自她的曾祖父。她的曾祖父，一个克里奥尔人，在独立战争时期曾经和保皇派并肩作战；后来，又历尽千辛万苦到西班牙去了一趟，只为了拜谒卡洛斯三世在圣伊尔德丰索修建的宫殿。因此在发现所有的纱窗都被弄破以后，雷薇卡太太不再想和阿赫妮达谈了。她戴上饰有小巧玲珑的天鹅绒花的草帽，径直到镇长办公室去禀报这件事。到了那里，只见镇长正忙着修补办公室的纱窗。他没穿衬衫，光着毛茸茸的上身，在她看来结实得像头野兽。镇长办公室的纱窗和雷薇卡太太家的纱窗一样，也给弄破了。

雷薇卡太太闯进脏兮兮、乱糟糟的办公室，第一眼就瞥见写字台上的一堆死鸟。不过，一来天气热得她头昏脑涨，二来纱窗的事把她气糊涂了，所以她没工夫对写字台上堆放死鸟这种稀罕事感到震惊。看见镇长老爷居然屈尊爬上高梯，用一卷窗纱和螺丝刀修补纱窗，她也没有觉得不成体统。在这当口，她根本顾不上考虑旁人面子不面子的，一心想的就是纱窗被毁有损她的尊严。而且也糊里糊涂的，根本没有琢磨琢磨她家的窗子和镇长办公室的窗子有什么关联。雷薇卡太太走进办公室，带着谨慎的庄严站在离门两步远的地方，拄着阳伞的镶边长柄，说：

"我要提出控告。"

镇长站在梯子顶上扭过头来,热得满脸通红。雷薇卡太太如此不寻常地光临他的办公室,他倒没表示多么激动。他一边懒洋洋地拆卸被弄坏的窗纱,一边自高处问:

"出什么事啦?"

"街坊的孩子把我家的纱窗弄破了。"

镇长又看了看她。两眼仔细地打量,从她帽子上精致的天鹅绒花到那双古银色的鞋子,仿佛平生第一次见到她。他小心翼翼地从梯子上下来,两眼没离开过她。脚踩实地后,他一只手叉在腰间,另一只手把螺丝刀撂在写字台上,然后说:

"不是孩子们弄的,太太。是小鸟。"

听了这话,雷薇卡太太才恍然大悟,原来写字台上的死鸟、登梯爬高的镇长以及她家卧室的破纱窗还有这么一层关系。一想到她家各间卧室里到处都是死鸟,雷薇卡太太不禁打了个冷战。

"小鸟。"她大声喊道。

"是小鸟。"镇长肯定道,"这三天,小鸟撞破了各家的窗户,跌死在屋里,我们都忙着处理这个问题,您居然会不晓得。真奇怪啊。"

离开镇长办公室的时候,雷薇卡太太觉得挺不好意思。她有点儿生阿赫妮达的气。不管镇上有什么风言风语,阿赫妮达总是回家来告诉她,唯独没讲过小鸟的事。眼看要到八月了,骄阳照得雷薇卡太太头晕目眩,她连忙撑起阳伞,走在暑气蒸人的空旷大街上,直觉得每家的卧室里都飘散出一股死鸟的恶臭。

这件事发生在七月底,小镇上从来没有这么热过。可是,小鸟大批死亡的事太让人震惊,人们根本没留意到炎热的天气。虽说这个怪现象对镇上的活动没有产生严重的影响,但到了八月初,大部分居民还在为这件事悬着心。这大部分人不包括主持卡斯塔涅达-蒙特罗祭坛圣礼的安东尼奥·伊萨贝尔他老人家。安东尼奥·伊萨贝尔是一位和善的堂区神父。九十四岁那年,他很肯定地说他曾经三次亲眼看见了魔鬼。然而,他只见过两只死鸟,压根儿没把它们当回事。第一只死鸟是礼拜二做完弥撒后在圣器室里看到的。他想一准是邻居家的猫叼来的。另外一只是礼拜三在他住处的走廊上看见的。神父用鞋尖把死鸟踢到大街上,心想:"这些猫啊!当初就不该造它们。"

礼拜五,神父来到火车站,选定一条长椅,正要坐下来,突然在椅子上又看到了第三只死鸟。他心中一闪念,顺手抓住小鸟细嫩的爪子,举到眼前翻过来掉过去地审视了一番。然后颇为惊奇地想:"哎呀!这是我这一个礼拜里碰到的第三只死鸟。"从那时起,他才开始觉察到镇上出事了。但究竟出了什么事,他还是稀里糊涂的。这一方面是因为安东尼奥·伊萨贝尔神父年事已高,另一方面,他曾很肯定地说自己看见过三次魔鬼(镇上的人觉得这事违拗常情),因此教民们虽然认为他是个好人,性格温和,乐于助人,但也觉得他老是迷迷瞪瞪的。不管怎么说吧,神父总算觉察到小鸟出事了。即便如此,他还是认为没什么大不了的,犯不上为此专门布一次道。另外,他还是第一个闻到死鸟臭味的人。那是在礼拜五夜间,他本来睡得就不踏实,突然被一股令人作呕的臭气熏醒了。是噩梦,还是魔鬼撒旦用一种新颖独特的手法在打搅他的清梦?一时间他也说不清楚。神父朝四下里嗅了嗅,在床上翻了个身,心想:围绕着这番经历倒可以编一篇布道辞。这篇布道辞应该充满戏剧性,讲一讲撒旦如何狡狯地通过五官钻进人的心灵。

第二天做弥撒前,神父在门廊里踱来踱去。这时候,他第一次听到人们谈论死鸟的事。他正在琢磨着布道辞、撒旦和人的嗅觉可能犯下的罪孽时,又听见人们说夜间的臭气就是这个礼拜收集到一块儿的死鸟散发出来的。在神父的脑海里,顿时闪现出一大堆杂乱无章的想法,什么福音书的预言啦,恶臭啦,死鸟啦。看起来,礼拜天无论如何也得凑上一段关于怜惜众生的布道辞,但是究竟讲些什么,连神父自己也不甚了了。至于魔鬼和人的五官的关系,他早已忘得一干二净。

然而,在他心灵深处,这些经历并未消失,而是潜藏蛰伏着。这种事时有发生,七十多年前他在神学院的时候就碰到过,九十岁以后,更是以一种怪异的方式在他生命中出现。在神学院的时候,一天下午,天气十分晴朗,突然下了一场暴雨,没有闪电。当时,他正在阅读一段索福克勒斯的著作原文。雨过天晴,他朝窗外疲惫的田野眺望了一下,清新的下午好像用水洗过似的。这时,他把希腊戏剧和那些古典作家（他分不清谁是谁，笼统地把他们称为"老前辈"）全都丢到脑后去了。约莫过了三四十年，在一个没有雨的下午，他到一座小镇去拜访一个人。当他穿过石块墁地的广场时，无意中随口念出了在神学院读过的那段索福克勒斯的诗句。那个礼拜，他和代理主教有过一次长时间的交谈，主题就是"老前辈"。代理主教是个饶舌的老头，很易激动，专好复杂的谜语。据他说，这些谜语是他专门为文人学士编制的，多年后，它们以"纵横字谜"的名字广受大众欢迎。

那次会见一下子唤醒了神父早年间对希腊古典作家的由衷喜爱。那年圣诞节，他收到一封信。可惜，那时候他的名声不佳，人们都说他在解经时常爱想入非非、信口开河，在布道辞里惯讲些毫无分寸的话。否则，当时他肯定会晋升为主教。

但早在"八五"战争以前好多年，神父就把自己葬送在这个镇子里了。到了小鸟跌死在居民卧室的时候，镇上的人已经多年一再要求派个年轻的神父来顶替他的职位，特别是在他声称自己看见魔鬼以后。从那时起，人们就不把他当回事了。不过，他本人并没有清楚地意识到这一点，尽管他不戴眼镜依然能够辨认出经书上的蝇头小字。

神父一直生活得很有规律。他个头不高，在人们的眼里无足轻重，他的骨骼突出而且结实，举止迟缓，说话声音很平和，可一上讲坛就显得过于平和。午饭前，他只穿着一条哔叽长裤，裤脚扎在脚腕子上，随随便便地躺在卧室的帆布椅上沉思默想。

神父除了每天做做弥撒，没有其他事可干。每个礼拜他都要在告解室里坐上两次，不过这些年谁也不来向他忏悔了。安东尼奥·伊萨贝尔神父简单地认为这是因为教民们沾染了现代习惯，逐渐丧失信仰了。因此，他觉得三次看到魔鬼还是满及时的。他心里明白，人们不大相信他的话，就连他自己谈论这些经历时，也觉得的确不怎么令人信服。近五年来，神父假如发觉自己不过是一具死尸，一点儿也不会感到意外。直到他看见头两只死鸟的奇怪时刻，也还是如此。然而，碰见第三只死鸟之后，他开始慢慢地苏醒过来。这几天，他时常想着那只死在车站长椅上的小鸟。

安东尼奥·伊萨贝尔神父住在离教堂十步远的一幢小房子里，有一条通向大街的走廊，两个房间——一间办公室、一间卧室——屋子里没安纱窗。大约是在犯糊涂的时候吧，他认为只有天气不太热了，人们才能过上人间幸福生活。一想到这里，他总有点儿忐忑不安。他很喜欢沉浸在这一类复杂深奥的事里。每天上午，他把大门打开一半，坐在走廊上，合上眼，全身肌肉放松，冥想起来。然而他自己还没有意识到，他的思绪变得非常细微，至少在近三年里，在所谓沉思的时候，他其实啥也没想。

每天十二点整，有个小伙子手里拿着个四屉饭盒穿过走廊。饭盒里的饭食天天是老一套：骨头汤外加一块木薯、白米饭、炖肉不带洋葱、炸香蕉或是玉米小蛋糕，还有一点小扁豆——主持祭坛圣礼的安东尼奥·伊萨贝尔神父从来不吃一口扁豆。

小伙子把饭盒放在神父躺着的椅子旁边。神父闭着眼睛，待走廊上的脚步声消失以后，才睁开。因此，镇上的居民以为神父是在午饭前睡午觉（这又是一桩违拗常情的事）。其实呢，就是夜间他也睡不踏实。

那一阵子，安东尼奥·伊萨贝尔神父的生活习惯变得非常简单，几乎要茹毛饮血。他吃午饭时也不离开帆布椅。而且从来不把食物从饭盒里拿出来，既不用盘子也不用刀叉，只用一把汤匙喝汤。饭后，他站起身，用一点水冲冲头，穿上缀满大块方形补丁的白法袍，准时在镇上人躺下睡午觉的时候，独自一人到车站去。几个月来，他沿着这条路走来走去，口中念念有词，咕哝着最后一次看见魔鬼时冒出的祷词。

礼拜六，从天上开始掉死鸟起九天之后，主持祭坛圣礼的安东尼奥·伊萨贝尔神父又到车站去。正好路过雷薇卡太太家门口的时候，一只奄奄一息的小鸟跌落在他脚边。神父霍然清醒了一下。他发觉这只小鸟不同于其他小鸟，还能救活。他双手捧起它，连忙去拍打雷薇卡太太家的大门。这当儿，雷薇卡太太正在宽衣，准备睡午觉。

雷薇卡太太在卧室里听到有人叫门，本能地瞥了一眼纱窗。这两天倒是没有小鸟闯进来了。不过，纱窗还是大窟窿小眼睛的。她寻思着，眼下令人担惊受怕的鸟类大举入侵还没有停止，找人修补纱窗无非是白花钱。在电风扇的嗡嗡声中，她听见了叩门声，想到阿赫妮达此刻正在走廊尽头的卧室里睡午觉，她感到很不耐烦。谁会在这个时候打扰她呢？她想也没想，就系好衣服，打开纱门，一肚子不高兴地径直穿过走廊以及堆满家具和各种摆设的客厅。开门之前,她隔着纱门一看,只见安东尼奥·伊萨贝尔神父站在门口,手里拿着一只小鸟,戚容满面,两眼黯然失神。他说:"只要给它点儿水喝,找个瓢把它扣起来,我相信它准能缓过来。"雷薇卡太太打开大门,吓得差点儿晕过去。

神父在雷薇卡太太家里总共停留了不到五分钟。雷薇卡太太以为是她把神父挤对走的,其实是神父自己不愿意多待。那会儿,只要雷薇卡太太认真回忆一下,就会发现神父在镇上住了三十年,每逢到她家,从来没有逗留超过五分钟。虽然大家公认这位寡妇是主教的远亲,可是,在神父看来,客厅里的豪华摆设分明表现出女主人的贪婪。更何况,关于雷薇卡太太家还有一段传闻(也许是段真事),神父认为肯定还没有传到主教的耳朵里去,尽管有一次,雷薇卡太太的表兄奥雷里亚诺·布恩迪亚上校(雷薇卡太太认为他是个无情无义的人)曾说:"新世纪开始以来,主教压根儿没到镇上来过,原因就是不想见到他这位远亲。"传闻也罢,真事也罢,总而言之,安东尼奥·伊萨贝尔神父到她家总是觉得不舒服。这个家中的唯一住户雷薇卡太太从来都缺乏虔诚,一年只做一次忏悔。神父一要她具体谈谈她丈夫怎么会不明不白地死去时,她总是东拉西扯地回避问题。眼下神父来到她家,等着她拿碗水来饮一饮奄奄待毙的小鸟,完全是情势所迫,不得已而为之。

寡妇转身进去了。神父坐在一把华丽的雕花木摇椅上,老是闻着屋里有一股奇怪的潮味。四十多年前有一天,屋里一声枪响,上校的弟弟何塞·阿尔卡迪奥·布恩迪亚应声仆倒在地,身子压在自己刚刚脱下、还热烘烘的马靴上,皮带搭扣碰在马刺上发出咣当一声。打那以后,屋里总是弥漫着一股潮味。

雷薇卡太太再次回到客厅,看见安东尼奥·伊萨贝尔神父坐在摇椅上,周身有一种阴沉的气息,这气息令她害怕。

"对主来说,动物的生命和人的生命同样值得爱惜。"神父说。

说这句话的时候,他倒是没想到何塞·阿尔卡迪奥·布恩迪亚。寡妇也没往那上面想。自从神父在讲坛上说他看见三次魔鬼以后,雷薇卡太太已经习惯不相信他的话了。她根本不理睬他,两手抓起小鸟,往碗里一浸,拿出来抖了两抖。

雷薇卡太太没有一点儿恻隐之心，愣手愣脚地毫不怜惜小鸟的生命，这一切神父都看在眼里。

"您不喜欢小鸟。"神父细声细气地说，口气却十分肯定。

寡妇把眼皮往上一抬，露出一副不耐烦的、敌对的神情。

"即使我喜欢过小鸟，"她说，"如今我也讨厌了。平白无故地净撞死在人家家里。"

"已经死了好多只鸟儿了。"神父冷冷地说。可以想见，声音虽然始终如一，却不难听出话里带着不少刺。

"死绝了才好呢。"寡妇说。她厌恶地掐住小鸟，往瓢底下一扔，接着说："要不是撞坏我的纱窗，这跟我有什么相干。"

神父从来没有见过这样硬心肠的人。过了一会儿，他把小鸟拿起来，看了看，才知道孱弱的小动物的心跳完全停了。一时间，周围的一切东西——屋里的潮味啊，贪婪啊，何塞·阿尔卡迪奥·布恩迪亚尸体上刺鼻的火药味啊——他都忘得一干二净。倒是对一周来发生在他身边的事情的奇异真相有所觉察。雷薇卡太太瞧着神父手捧死鸟，神色冷峻地离开她家。大批死鸟像骤雨一样跌落在镇上，这件事给了他极大的启示；

但《启示录》上是怎么说的,他这个被选中的上帝的使者(他曾在天气凉爽的时候享受过幸福生活)却无论如何也想不起来了。

那天,神父和往常一样信步朝车站走去。他模模糊糊地觉察到人世间正在发生什么事。但是,他觉得脑袋发木,懵懵懂懂的,又说不清出了什么事。他坐在车站的长椅上,尽力回忆《启示录》里讲没讲过鸟类大批死亡的事,可什么也想不起来。猛然间,他想到在雷薇卡太太家里耽搁了这么久,恐怕火车早已开过去了。他连忙把脑袋伸向蒙着一层灰尘的破玻璃窗,看了看车站上的钟:差十二分一点。神父回到椅子上,感到憋得慌。这时,他想起今天是礼拜六。他摇着棕榈叶扇,迷失在内心阴郁的迷雾中。法袍上的扣子、靴子上的扣子和紧身哔叽长裤上的扣子勒得他实在恼火。他这才惊奇地发现这一辈子还没有碰上过这么热的天呢。

神父坐在椅子上,解开法袍的领扣,从袖管里掏出手帕,擦了擦通红的脸庞。他一时间忧心忡忡地想:莫不是正在酝酿着一场地震吧。他在什么地方读到过这种情况。然而,仰望碧空,万里无云。在蓝莹莹的透明天空中,鸟类神秘地消失得无影无踪。天空的蔚蓝和澄澈被神父看得一清二楚,只是他一时又把死鸟的事忘了个精光。他又想,八成要来一场暴风雨吧。可是,天空是那样明净、岑寂,仿佛是覆盖在另外一个遥远小镇上的苍穹,那里的气候一年到头都凉爽宜人;他甚至觉得仰望天空的不是他自己的眼睛,而是别人的眼睛。过了一会儿,他的目光越过用棕榈叶和锈迹斑斑的锌板苫盖的屋顶朝北方眺望,只见一群兀鹫静悄悄地、徐缓地、稳稳当当地栖息在垃圾堆上。

不知怎的,眼前的情景使他回忆起神学院的一段往事。那件事发生在他受领低级圣职前不久的一个礼拜天。当时,神学院院长授权神父可以随便使用他的私人图书馆。每天,特别是礼拜天,神父几小时几小时地待在图书馆,聚精会神地阅读散发着朽木气味的泛黄书籍。书上有院长用潦草的拉丁文小字写的注释。一个礼拜天,他看了整整一天的书。这时候,院长走进图书馆,匆匆忙忙、惊惶不安地从地上捡起一张卡片,很明显是从神父正在阅读的那本书中掉出来的。他假装没理会院长那惶遽的样子,其实纸条上的字他看得清清楚楚。上面只有一句话,是用紫墨水写的,字迹清晰平直:

伊芙特夫人夜间过世①。半个多世纪过去了,现在眼瞅着几只兀鹫盘旋在衰败的小镇上空,他又想起了神学院院长那副沉默的样子。当时,院长坐在他的对面,看上去就像霜打的荞麦,呼吸也乱了节奏,不过并不易察觉。

这样一联想,安东尼奥·伊萨贝尔神父不但不觉得热了,反而感到一股冷冰冰的凉气从大腿根儿一直蹿到脚底板。他很害怕,又说不上究竟为什么。脑海里立时翻腾起一团乱糟糟的想法,忽而觉得恶心,忽而看到撒旦的一只爪子陷入泥淖,忽而又看到死鸟纷纷跌落人间。而他,主持祭坛圣礼的安东尼奥·伊萨贝尔神父,竟然对死鸟这样一桩大事置若罔闻!蓦地,他站起身,扬起一只胳膊仿佛要和谁打招呼,可是手停在空中。只听他惊呼一声:"流浪的犹太人②。"

这工夫,火车的汽笛响了。多年来,神父第一次没有听见汽笛声。他眼瞅着火车在浓烟滚滚中开进车站,听到炭块落在生锈的锌板上发出的砰砰声。但是,这一切仿佛是遥远、

---

① 原文为法文。
② 传说一个犹太人因嘲弄即将受刑的耶稣,被上帝惩罚不停地流浪,直到基督再临。

缥缈的梦境。直到下午四点来钟，神父才从梦境中全然清醒过来。他连忙对准备在礼拜天发表的精彩布道辞进行最后的加工润色。又过了八小时，有人找他，请他为一位妇女行临终涂油礼。

因此，安东尼奥·伊萨贝尔神父并不知道那天下午乘火车到镇上来的人是谁。很久以来，那四节油漆剥落、破旧不堪的车厢在小镇上开过来开过去，然而神父从不记得有人在这里下车，留在镇上，起码近几年里没有过。真是今不如昔啊！想当年，他整下午整下午地凝视一列满载香蕉的火车奔驰而过。那是一百四十节满载水果的车皮，在他眼前过啊过的，好像永远也过不完似的。在最后一节车厢上，站着个人，手里举着盏绿灯。车开过后，夜幕就降临了。镇上，万家灯火。神父站在铁路旁，凝望着小镇。他觉得仅仅是看着火车经过，就等于被带到别的镇子上去了。也许因为这个，他养成了每天到车站来的习惯。后来，发生了用机关枪扫射工人、毁坏香蕉园、捣毁那一百四十节车皮的事件。然而，他依然天天到车站来。如今，只剩下那列尘封灰盖、暗黄色的火车，既没有人乘车来，也没有人乘车走。

但是,那个礼拜六,的确来了一个人。当主持祭坛圣礼的安东尼奥·伊萨贝尔神父离开车站时,一个文静的年轻人正从最后一节车厢的窗子里注视着他。小伙子除了饥肠辘辘外,没有任何异于常人的地方。看到神父,他突然想起打昨天起他还一直没吃东西。"有神父的地方一定有旅店。"他一边想一边从车上下来,穿过八月的烈日烤炙下的大街,走到车站对面一幢房子的阴凉处。屋里,留声机正在播放一张用旧的唱片。一连饿了两天,小伙子嗅觉分外灵敏,一下子就闻出了这是一家旅店。他连忙进去,连招牌都没顾得上看一看。那上面写着"马孔多旅店",但他从来不必看招牌。

老板娘怀了五个多月的身孕,面色焦黄,她妈妈怀她的时候就是这副模样。小伙子要了一份午餐,说:"越快越好。"老板娘不慌不忙地端上来一碗骨头汤和一盘青香蕉丁。这当儿,火车拉响了汽笛。有营养的热汤冒着热气,小伙子透过雾气估摸了一下从旅店到车站的距离,顿时吓了一跳,坏了,要误车了。

他撒腿就跑,心急如焚地跑到门口。还没等迈出门槛,就知道赶不上这班车了。他回到桌旁，把饿劲儿全忘光了。只见留声机旁坐着一位姑娘，冷冷地瞅着他，神色挺吓人，好像一只摇尾巴的狗。小伙子在这一天里第一次摘下了两个月前妈妈送给他的帽子，把它夹在两腿间，吃完了剩下的饭。他从桌旁站起来，似乎对误车，对在一个连名字都没搞清的小镇上度过周末并不感到焦急。他坐在厅堂的一个角落里，靠在硬邦邦的椅子直背上，在那儿坐了好久，根本没有心思听唱片。最后，选唱片的姑娘开口说话了：

"走廊上比这儿凉快。"

小伙子有点儿忸怩不安。和生人打交道，他总是害臊，不敢正眼看人。有时候不得不说几句话，说出来的和心里想的也是两码事。"好吧。"他回答说，觉得脊背上一阵发凉。他打算摇晃几下，没摇动，忘了自己坐的不是摇椅。

"到这儿来的人都爱把椅子挪到走廊上去，那儿比较凉快。"姑娘说。听那话音，好像姑娘要跟他攀谈攀谈。小伙子又是一阵着急。姑娘给留声机上弦时，他偷偷地睃了她一眼。看上去，她仿佛已经在那儿坐了好几个月，兴许有几年，而且丝毫没有离开的意思。她给留声机上好了弦，但她好像一辈子都要守着这件差事。她冲小伙子笑了笑。

"谢谢。"小伙子说着话打算站起来，行动尽量显得轻松自然些。姑娘还是盯住他说："到这儿来的人都把帽子挂在衣钩上。"

小伙子的脸唰的一下红到耳根。姑娘用这种办法提醒他，弄得他挺紧张，像是被人逼到墙角。误车的恐惧感再一次掠过他的心头。这时候，老板娘进来了。

"您干什么哪？"她问。

"他要把椅子挪到走廊上去，谁来都会这样做。"姑娘说。

小伙子听出来了，她的话里带着戏弄人的口吻。

"您别担心。"老板娘说，"我给您端个方凳来。"

姑娘呵呵地笑了起来，笑得小伙子心慌意乱的。天气燥热，他一个劲儿地冒汗。老板娘把一个皮面的木头凳子搬到走廊上。小伙子正要跟过去，姑娘又开口了。

"弄不好，小鸟会吓你一跳。"她说。

老板娘扭过头去，狠狠地瞪了她一眼。目光凌厉。

"你最好闭上嘴。"老板娘说。说罢，又笑容可掬地看着那个小伙子。他已经不觉得那么孤独了，也想搭讪几句。

"您说什么呢？"他问。

"我说每天一到这个钟点，走廊上就掉死鸟。"姑娘说。

"别听她瞎说。"老板娘说。她弯下腰去，整理中间桌子上的一束纸花，手指头神经质地索索发抖。

"我瞎说，"姑娘说，"前天你自己还扫走两只鸟呢。"

老板娘气冲冲地又瞪了她一眼，随即带着满脸歉意，想把事情的原委好好解释一下，打消客人的一切疑虑。

"先生，是这么回事：前天有几个小孩把两只死鸟丢在走廊上，打算吓唬吓唬她。后来，又告诉她说是从天上掉下来的。可她呢，就相信这些鬼话了。"

小伙子笑了笑，觉得这个解释有点儿滑稽。他搓了搓手，又扭过脸去看那个姑娘。她正在焦灼地望着他。留声机已经不响了。老板娘走进隔壁房间。小伙子朝走廊走去，这时候姑娘压低声音坚持道：

"我亲眼看见从天上掉小鸟的，相信我。这里人人都见过。"

小伙子相信自己弄明白了为什么姑娘恋着留声机不肯走开，以及刚才老板娘为什么发那么大的火。

"是啊。"他同情地说。说完，朝走廊走去，又说："我也看见过。"

外面，巴旦杏树荫下稍微凉爽一些。小伙子把方凳靠在门框上，头往后一仰，不由得想起了他的母亲：坐在摇椅上的母亲精神不振，正用长把扫帚撵鸡。想到这儿，他第一次意识到自己身在异乡。

上个礼拜，他也许还觉得自己的生活像是一根直溜溜的光滑的绳子。一头是最后一次内战中的一个下着雨的清晨，他出生在一所农村学校的茅屋里，四面都是泥墙；另一头是他满二十二周岁的六月的上午。那一天，妈妈走到吊床跟前，送给他一顶帽子，上面附有一张纸条："送给我亲爱的孩子的生日礼物。"有时候，他闲得发慌，就爱回想那座学校、黑板和那张沾满苍蝇屎的国别地图以及挂在墙上的一长排罐子，罐子上方有每个孩子的名字。那里气候凉爽，是一个宁静的、绿茵茵的小镇。有几只腿又长又灰的母鸡时常穿过课堂，躲到水缸边去下蛋。那时，他母亲是个忧郁、沉默的女人。每天傍晚，她迎着从咖啡种植园吹来的微风，坐下来纳凉，说："马瑙雷是世界上最美丽的小镇。"然后扭过脸来，看着在吊床上不声不响逐渐长大的孩子。"等你长大，就懂了。"可是，他啥也不懂。长到十五岁了，还是啥也不懂。以他的年龄而论，他的身材十分高大。平日生活闲散，长得很结实，只是有点儿呆头呆脑。直到二十岁上，他的生活还不外乎是躺在吊床上翻几个身。这时候，妈妈患了风湿病，不得不离开执教十八年的学校。母子俩搬到一幢房子里住，有两间屋子和一个宽敞的院子，还养了几只灰腿儿母鸡，跟在教室里走来走去的那几只一样。

养鸡是他第一次接触现实生活。直到今年七月，他就干过这么一样活计。七月里，妈妈打算退休。她想，办理退休的事孩子足以胜任了。小伙子麻利地准备好了文件，甚至还说服了堂区神父把妈妈的洗礼日改早了六年，因为她还没到退休的年龄。礼拜四，妈妈凭多年任教的经验，仔仔细细、不厌其详地叮嘱了他一番，他这才动身进城。随身带了十二个比索、一套换洗衣服和一包文件。至于什么叫"退休"，他的理解可以说是简单而又简单。照他想，无非就是政府应该付给他一笔钱，好用来养猪。

天气闷热，小伙子晕头涨脑地坐在旅店的走廊上打瞌睡。他一直在想自己的处境有何不妙。他盘算着，明天火车一返回，问题便会迎刃而解。他一心想着礼拜天继续上路，而且再也不会光顾这个苦热难挨的小镇了。快到四点钟的时候，他做了一个不舒服的、黏黏糊糊的梦，边睡边想：真遗憾，没把吊床带来。猛然间，他想起衣服包和退休文件全部落在火车上了，这才倏地惊醒过来，想到妈妈，又是一阵惊悸。

小伙子往屋里搬凳子时，镇上的灯全亮了。他没见过电灯。看到旅店里寒酸、腌臜的小灯泡，觉得十分新奇。再一想，妈妈跟自己讲过这个玩意儿。他把小凳一直搬到饭厅里，竭力躲开那些像子弹一样撞击在镜子上的大麻蝇。自己面临的这显而易见的处境令他头脑发昏，天气又这么热，再加上他平生第一次体验到举目无亲的孤苦，这顿饭吃得没滋没味。九点钟过后，他被带到旅店深处的一间糊着报纸和杂志内页的木板房。半夜里，他做了个噩梦，像得了热病似的。同一时刻，在离开旅店五个街区的地方，安东尼奥·伊萨贝尔神父仰面躺在帆布床上，心想：有了今天晚上的经历，可以充实一下那篇明早七点要用的布道辞了。先前，在一片蚊蚋的嗡嗡声中，神父穿着紧身哔叽长裤正在歇憩。快到十二点的时候，他穿过小镇，给一位妇女行临终涂油礼。回来时，他有些激动，神经有些紧张，因此把圣器放在床边，躺下来温习布道辞。神父面朝屋顶，在床上躺了好几个小时，直到黎明时分听到远处一只石鸨鸟的报时声。神父打算起床，他费力地爬起来，一脚踩着了铃铛，砰的一声仆倒在屋里坚硬粗糙的石头地上。

肋间一阵剧痛，疼得他几乎不省人事。这时，他觉得身体的重量、罪孽的包袱、年龄的负担一股脑儿全压了过来。他感到脸颊碰在硬邦邦的石头地上。往常，在准备布道辞的时候，他脚踩着这块石头地，就能准确地设想出通往地狱的道路该是什么样子。神父十分惊恐，喃喃地说："主啊。"随后，他想："我再也起不来了。"

不知道在地上躺了多久。他啥也没想，甚至没想为自己祈求一个善终。一刹那间，他像真的死去了一般。可是，醒转过来时，他一点儿也不觉得疼痛和恐惧了。看见门下面透进一线灰蒙蒙的光亮，听见远处传来凄凉的鸡叫，他意识到自己还活着，而且清楚地记得布道辞里的每一句话。

他抽下门闩，外面已是晨光熹微。他不仅不觉得疼，反而觉得这一跤把他摔年轻了。他深深地吸了第一口清新的空气——充满鸡叫声的潮湿的蓝色空气。全镇的善善恶恶、人间苦难仿佛都被他吸进心田。他朝四下里扫视了一眼，仿佛要习惯一下周围凄清孤寂的气氛。在静悄悄的、朦胧的曙光中，他看到走廊上躺着一只、两只、三只死鸟。

神父两眼盯着三只死鸟，一连看了九分钟。在准备好的布道辞中，他提出要为小鸟成批死亡赎一次罪。他慢慢地踱到走廊的另一端，捡起三只死鸟，又回到水缸边，打开缸盖，下意识地把死鸟一只一只地扔进碧绿的静水之中。"三加三等于六，一个礼拜就碰到半打。"他想，心中突然一亮，意识到一生中伟大的一天终于来到了。

七点钟，天已经热起来了。旅店里，那位唯一的顾客正等着吃早餐。管留声机的姑娘还没起床。老板娘走过来，好像在她那鼓鼓囊囊的肚皮里也有时钟敲了七下。

"唉。真倒霉，误了车了。"她用同情的口吻说，只是这份同情来得晚了一些。随后，她端来一份早餐：牛奶咖啡、煎鸡蛋和几片青香蕉。

小伙子想吃几口，可是一点儿也不觉得饿。恐怕天气会越来越热，他可真有些发怵。身上热汗淋淋，憋得喘不过气来。

夜间，他没脱衣服，睡得很不安稳。现在头有点儿发烫。老板娘过来收拾盘子的时候，他又想起了妈妈，又是一阵发悸。老板娘身穿一件大绿花的新衣服，容光焕发。看见她的新衣服，小伙子才想起今天是礼拜天。

"有弥撒吗？"他问。

"有啊。"老板娘说，"不过，跟没有也差不多，几乎没人去。上面一直不肯另派一位神父来。"

"现在这位怎么啦？"

"大概有一百岁了吧。是个半疯儿。"老板娘说。她一只手托着盘子，站在那儿一动也不动，一副忧虑的样子。

随后，又接着说：

"有一回，他在讲坛上赌咒发誓地说他看见了魔鬼。打那以后，几乎谁也不再去望弥撒了。"

小伙子一来心境不佳，二来受好奇心驱使想见识见识这位百岁老人，便朝教堂走去。他注意到小镇上死气沉沉，没有尽头的大街上尘土飞扬，锌板屋顶的木头房子阴森森的，似乎无人居住。小镇的礼拜天原来是这个样子：街上看不见如茵的绿草，房子纱窗紧闭，暑气蒸人，天空显得深邃、神奇。

他想：这个小镇的礼拜天和平常日子没有一丝一毫的差别。他在阒寂无人的街上走着，记起了妈妈说过的一句话："所有小镇的所有街道不是通往教堂，就是通往公墓。"他步入一个石块墁地的小广场，那里有一座带尖塔的石灰建筑物，尖顶上立着一只木鸡，塔上的时钟指针停在四点十分上。

他从容不迫地穿过广场，登上教堂门口的三级台阶，登时嗅到一股陈年的汗臭，夹杂着焚香的气味。他跨步走进幽暗的、几乎空无一人的教堂。

这当儿，主持祭坛圣礼的安东尼奥·伊萨贝尔神父刚刚登上讲坛，正要开始布道，看见走进一个年轻人，头上戴着帽子。只见他用一双明澈、镇定的大眼睛端详着空荡荡的教堂。随后，又见他坐在最后一排长椅上，歪着脑袋，两手搁在膝盖上。神父一眼就看出他是个外乡人。在镇上住了二十多年，只要是镇上的居民，单凭身上的气味，神父也能说出他是谁。因此，他断定刚刚进来的小伙子是个外乡人。他朝小伙子迅速地瞥了一眼，看得出他不爱说话，有点儿忧愁，衣衫龌龊，皱皱巴巴的。神父心里想："他大概穿着这身衣服睡了好多天了。"一股又讨厌又怜悯的感情掠过他的心头。

可是，后来看到他在长椅上坐下来，一股感激的心情油然而生。他要为小伙子做一次最美好的祈祷。"主啊。让他别忘了摘掉帽子，我不想把他撵出教堂去。"他一边想着，一边开始布道。

一开始，神父说了什么自己也不清楚。连他本人都没有听。他几乎听不见那从开天辟地就沉睡在他心灵深处的泉水发出的时断时续的说不清的旋律。他模模糊糊地感觉到自己讲得清楚明白、准确无误、切合时宜，顺序和时机一如预期。他觉得腹内一阵阵发热。同时，他也知道自己的灵魂没有沾染一丝一毫的虚荣心。麻痹他感觉的这种愉悦既不是傲慢，也不是叛逆或虚荣心，而是对主纯真的爱戴。

雷薇卡太太在卧室里感到一阵阵发昏。她知道再过一会儿，天气又要热得人没法活下去。可是，她不想离开这里，因为一切新鲜事物都会引起她莫名的恐惧。否则，她早就把杂七杂八的东西装进放樟脑球的大箱子里，动身到世界各处游逛去了。听人说，她的曾祖父就是这样。然而，她心里明白自己注定要在这个小镇上了此一生，早晚会死在这几条无尽头的走廊和九间卧室之间。她想，天气一凉快下来，立刻就把卧室的窗纱换成毛玻璃。于是,她下决心永远留在这里(每收拾一次柜子里的衣服,就下一次决心)。她还决定给"我最最尊敬的表兄"写一封信,请他委派一位年轻的神父来。这样,她又可以戴上那顶饰有小巧玲珑的天鹅绒花的帽子到教堂去,参加秩序井然的弥撒,听一听条理分明、富有教益的布道辞。她想,明天是礼拜一,现在她要琢磨一下给主教的信怎样开头(布恩迪亚上校说过,她的信开头总是写得不够庄重,缺乏敬意)。这时候,阿赫妮达风风火火地拉开纱门,大声喊道:

"太太,听说神父在讲坛上发疯了。"

寡妇哭丧着脸,把头扭向门口,露出一副特有的苦相。

"他起码疯了五年了。"她说,一边继续收拾衣服,"大概又看见魔鬼了吧。"

"这回不是魔鬼。"阿赫妮达说。

"那是谁呀?"雷薇卡太太漫不经心地随口问道。

"这回说是看见了流浪的犹太人。"

雷薇卡太太一听,立即觉得很不舒服,一阵纷乱的思绪掠过她的脑海,什么破纱窗啊,热天气啊,死鸟啊,瘟疫啊,不一而足。"流浪的犹太人"，她还是在遥远的童年时代的下午听人讲过这个。她面如死灰，浑身冰凉，一步步朝阿赫妮达走过去，阿赫妮达目瞪口呆地望着她。

"对啊，"她用发自内心的声音说，"这下子，我可明白为什么小鸟会遭这么大的劫了。"

她感到一阵恐惧，当即蒙上一块绣花的黑头巾，飞快地穿过长长的走廊和堆满摆设的客厅，直奔临街的大门，走过两个街区，来到教堂。在教堂里，安东尼奥·伊萨贝尔神父正在变颜变色地说："……我发誓我看见了他。我向你们发誓：今天清晨，我给木匠霍纳斯的女人行完临终涂油礼后往回走时，在路上碰见了他。我向你们发誓：由于主的诅咒，他面色乌黑，每走一步都留下一撮热灰。"

布道到此戛然中断，余音在空中回荡。神父觉得他控制不住两手的颤抖，全身不住战栗，一道冰冷的汗水顺着脊梁骨慢慢地流下来。他觉得很不舒服，浑身打战，口干舌燥，肚肠剧烈地绞痛，腹内响起一阵咕噜咕噜的声音，好像风琴的低音。这时，他又回到现实中来。

他看见教堂里的人群。愁眉苦脸的雷薇卡太太正装模作样地从中间的通道走过来。她张开两臂，阴冷忧愁的面孔仰向高空。神父模模糊糊地感觉到眼前发生了什么事，但是他清醒地知道，要是他自以为在创造奇迹，那不过是虚荣心在作怪。他用哆哆嗦嗦的手谦卑地扶定木台的边沿，又继续讲下去：

"他朝我走过来。"这一次，他听到了自己充满说服力的、热情激荡的声音，"他朝我走过来，绿宝石般的眼睛，一身粗毛，散发着一股公羊的气味。我举起手来，以主的名义指斥他说：'站住，礼拜天从来不是用羊羔做牺牲的好日子。'"

布完道，天气越发热了。在那个难忘的八月，天气炽热，盛暑逼人。然而，安东尼奥·伊萨贝尔神父一点儿也不觉得热。他知道镇上的居民震慑于他的布道辞，又都匍匐在他身后了。不过，这并不能使他感到高兴。他马上就要走下讲坛，喝上两口葡萄酒，润润嗓子，但这也不能使他感到惬意。他觉得很不舒服，很不得劲儿，心烦意乱，在献身的终极时刻，都不能集中精神。诚然，这种精神状态由来已久，只是现在又有所不同，因为他心里十分清楚，究竟是什么东西扰得他心神不安。神父生平第一次体验到什么是傲慢。正如他在布

道辞中想象和定义的那样,他觉得傲慢就像口渴,是一种难以遏制的欲望。最后,他用力关上了圣体柜,说:

"毕达哥拉斯。"

安东尼奥·伊萨贝尔神父的侍童是个脑袋剃得锃亮的小孩。他是神父的教子,连名字都是神父起的。孩子朝圣坛走过来。

"快去敛布施吧。"神父说。

孩子眨巴眨巴眼睛,转了个圈,用低得几乎听不见的声音说:

"我不知道盘子撂在哪儿了。"

可不是,已经几个月没有敛布施了。

"你去圣器室找一个大布包来,尽量多敛点儿。"神父说。

"我怎么说呢?"孩子问。

神父两眼盯住他的助手那光秃秃、棱角分明的青头皮,沉吟片刻。现在倒是他在眨巴眼睛了。

"你就说为了驱逐流浪的犹太人。"他说,觉得心里像压着块大石头。一时间,在寂静无声的教堂里,他只能听见大蜡烛的淌蜡声和自己激动、艰难的呼吸声。之后,他把手放在侍童的肩上。孩子用吃惊的圆眼睛望着他。神父说：

"敛完钱，把钱交给那个最早到这儿来的小伙子。就说神父叫他去买一顶新帽子。"

纸做的玫瑰花
Rosas artificiales

清晨，天刚麻麻亮，米娜摸黑穿上了头天晚上搭在床头的那件无袖长衫。紧接着，她又翻箱寻找假袖子。随后，她又在墙壁的钉子上和门后边找了一阵，尽量不弄出响动，免得吵醒和她睡在同一间屋里的瞎眼祖母。当适应了屋里的黑暗时，她发现祖母已经起床了。于是，她就到厨房去问祖母假袖子放在哪儿了。

"在浴室里。"瞎老太太说，"昨天很晚了，我给你洗了。"

袖子是在那里，搭在一根绳子上，绳子拴在两个木钩上。袖子还潮着哪。米娜回到厨房，把袖子摊开，晾在炉台的石头上。瞎老太太在米娜的对面搅动着咖啡，两只死气沉沉的眼珠盯着走廊砖墙的边缘,那里有一排种药草的花盆。

"别再乱动我的东西。"米娜说,"这几天,不会出太阳的。"

瞎老太太循着声音把脸转过去。

"我忘了今天是第一个礼拜五了。"瞎老太太说。

她深深地吸了口气,闻到咖啡已经煮好,就把咖啡锅从炉子上挪开了。

"你在袖子底下垫张纸,石头太脏了。"瞎老太太说。

米娜用食指摸了摸炉台上的石头。的确够脏的,不过只是一层压实了的煤烟,只要不拿袖子往石头上蹭,是不会弄脏的。

"脏了就怪你。"米娜说。

瞎老太太给自己倒了一杯咖啡。

"火气可真大啊。"她一边说,一边拿起凳子朝走廊走去,"生一肚子气去领圣餐,这可是亵渎神灵啊。"说完,她就坐到院子里的玫瑰花丛前喝咖啡去了。当望弥撒的钟响第三遍的时候,米娜从炉台上拿起袖子,袖子还是没有干。但她也只好把袖子装上了。她知道穿着裸露双肩的衣服,安赫尔神父是不会让她领圣餐的。她没洗脸,就用手巾擦掉了脸上残留的胭脂，从屋里拿了祈祷书和头巾，忙朝街上走去。过了一刻钟，她又回来了。

"等你到那儿，都要讲完福音书了。"坐在院子里玫瑰花丛前的瞎老太太说。

米娜径直朝厕所走去。

"弥撒去不成了。"她说，"袖子还潮着呢，衣服也没熨。"她觉得好像有一束犀利的目光正在追逼着她。

"这可是第一个礼拜五，你却不去望弥撒。"瞎老太太说。

从厕所回来，米娜给自己倒了一杯咖啡，背靠着刷了石灰的门枢，坐在瞎老太太身边。不过，她根本没有心思喝咖啡。

"都怨你。"米娜气哼哼地低声嘟囔着。她觉着泪水快把她憋死了。

"你哭了。"瞎老太太大声说。

她把喷壶撂在种牛至的花盆旁，走到院子里，又说了一遍：

"你哭了。"

米娜把杯子往地上一撂，站起身来。

"我是气哭的。"她说。走过祖母身边时，又补上一句："你

137

应该忏悔，因为你让我错过了第一个礼拜五的圣餐。"

瞎老太太一动也不动，等着米娜关上卧室的门。然后，她走到走廊尽头，猫下腰去摸索着，直到在地上摸到了那个没用过的杯子。她把咖啡倒进陶锅的同时，接着说：

"上帝知道，我是问心无愧的。"

米娜的妈妈从卧室里出来。

"跟谁说话哪？"她问。

"没跟谁。"瞎老太太说，"我告诉过你，我越来越疯疯癫癫的了。"

米娜关上房门，解开紧身胸衣的扣子，掏出了三把套在安全别针上的小钥匙。她用其中一把打开了柜子下面的抽屉，取出一个小巧玲珑的木盒子。又用另外一把钥匙把盒子打开。盒子里有一包用彩色纸写的信，用一根橡皮筋绑着。她把信揣进胸衣里，把小盒子放回原处，又用钥匙锁上抽屉。然后，她去厕所，把信扔进了茅坑。

"你去望弥撒了？"妈妈问米娜。

"她没去成。"瞎老太太插嘴说，"我忘了今天是第一个礼拜五，昨天很晚了才把她的袖子给洗了。"

"现在还潮着哪。"米娜喃喃地说。

"这些天她可干了不少活儿。"瞎老太太说。

"复活节我得交出一百五十打玫瑰花。"米娜说。

天色还很早,骄阳已经散发出暑热。不到七点钟,米娜就在堂屋里开起了纸玫瑰作坊:一个装满花瓣和铁丝的篮子、一盒皱纹纸、两把剪刀、一轴线和一瓶胶水。过了不大一会儿,特莉妮达来了,腋下夹着她的纸盒子。她来问米娜为什么没去望弥撒。

"我没有袖子。"米娜说。

"谁还不能借给你一副?"特莉妮达说。

她端了把椅子坐在装花瓣的篮子旁边。

"我去晚了。"米娜说。

她做完了一朵玫瑰花,然后把篮子移近一些,打算用剪刀卷花瓣。特莉妮达把纸盒子放在地上,和米娜一块儿干起活儿来。

米娜看了盒子一眼。

"你买鞋了?"她问。

"里面是些死老鼠。"特莉妮达说。

特莉妮达是卷花瓣的好手。米娜腾出手来,把绿纸裹在铁丝上做花茎。她们俩不声不响地干着活儿,不知不觉太阳已经照射进挂着风景画和家庭照片的堂屋里。米娜裹完花茎,把脸转过来瞅着特莉妮达,脸上露出一种说不清道不明的神情。特莉妮达干净利落地卷着花瓣,手指头几乎没在动弹,两条腿紧紧地并拢在一起。米娜用眼瞅着特莉妮达脚上的那双男鞋。特莉妮达低着头,躲开她的目光,两只脚也没有往后缩一缩,停下了手中的活儿。

"出什么事了?"她问。

米娜倚向她。

"他走了。"她说。

特莉妮达把剪刀撂在腿上。

"不会吧。"

"他走了。"米娜又重复了一遍。

特莉妮达两眼一眨也不眨地凝视着米娜。在她的眉心出现了一道笔直的皱纹。

"现在怎么办?"她问。

米娜声音平静地回答说:

"现在,没什么。"

十点钟以前,特莉妮达告辞了。

米娜去了一块心病。她挽留特莉妮达再多待一会儿,好把死老鼠扔到厕所里去。瞎老太太正在修剪玫瑰花。

"我敢说,你不知道这个盒子里装的是什么。"米娜走过瞎老太太身边的时候说。

她晃了晃盒子,盒子里那些老鼠发出了声响。

瞎老太太开始仔细听。

"你再晃一下。"她说。

米娜又晃动了一下,瞎老太太把食指支在耳垂上听了三遍,也没有猜出是什么东西。

"这些是昨天夜里掉进教堂老鼠夹子里的老鼠。"米娜说。

回来的时候,米娜默不作声地走过瞎老太太身边。但是瞎老太太跟了上去,当她走进堂屋时,米娜正独自坐在关着的窗子跟前,在做最后几朵玫瑰花。

"米娜,"瞎老太太说,"如果你想生活得幸福,就别对外人推心置腹。"

米娜看了她一眼,没吭气。瞎老太太坐在米娜对面的椅子上,要帮她干活儿。但是米娜没让她插手。

"你有点儿心神不定啊。"瞎老太太问。

"全都怪你。"米娜说。

"为什么你没去望弥撒?"瞎老太太问。

"这你比谁都清楚。"

"要是因为袖子没干,你根本就用不着离开家。"瞎老太太说,"准是路上等你的什么人惹得你不痛快。"

米娜用手在祖母眼前晃了晃,好像在揩拭一块看不见的玻璃。

"你可真会猜。"她说。

"今天早上你去了厕所两次。"瞎老太太说,"平时从不超过一次。"

米娜还在继续做玫瑰花。

"能不能把你藏在柜子抽屉里的东西拿给我瞧瞧?"瞎老太太问。

米娜不慌不忙地把一朵玫瑰花插在窗棂上,从胸衣里掏出那三把小钥匙,放在瞎老太太的手心里。然后帮她把手指合上。

"你去亲眼看看吧。"她说。

瞎老太太用手指尖摸了摸钥匙。

"我的眼睛看不见茅坑里的东西。"

米娜抬起头,她有一种异样的感觉:似乎瞎老太太知道自己在看她。

"你对我的东西那么感兴趣,干脆跳进茅坑里去好了。"米娜说。

瞎老太太没有搭理她这句话。

"你总是在床上写啊写的,一写就写到大天亮。"她说。

"你不是关了灯吗。"米娜说。

"可你立刻就打开手电筒。"瞎老太太说,"听你喘气的声音,我就能说出你在写什么。"

米娜极力保持镇静。

"好吧。"她低着头说,"就算是这样,又有什么奇怪呢?"

"没有什么。"瞎老太太回答说,"只是那让你错过了第一个礼拜五的圣餐。"

米娜用双手收拾起轴线、剪刀和一把没做完的玫瑰花和花茎。她把这些东西往篮子里一放,就面向瞎老太太。

"你想叫我告诉你,我到厕所干什么去了,是不是?"她问。两个人对着脸不吭气儿,直到米娜自己回答说:"我拉屎去了。"

祖母把那三把小钥匙丢进篮子里。

"这个借口真妙啊。"她一面朝厨房走,一面喃喃地说,"要不是平生第一次听你说出这句粗话,我也许就相信了。"

米娜的母亲手里拿着大把带刺的花束从走廊另一头走过来。

"出什么事了?"她问。

"我发疯啦。"瞎老太太说,"不过,看样子只要我不乱扔石头,你们还不会把我送进疯人院吧。"

格兰德大妈的葬礼

Los funerales de la Mamá Grande

全世界疑心重的人们：这是马孔多王国的绝对主宰格兰德大妈的一部信史。九十二年间，她身居统治要位，刚刚过去的九月的某个礼拜二，大妈在圣洁的气氛中撒手人寰。教皇前来参加葬礼。

眼下，这个内部曾经震动的国家已恢复了平衡；眼下，圣哈辛托的风笛手、瓜希拉的走私犯、锡努河岸的稻农、瓜卡马亚尔的妓女、谢尔佩的巫师以及阿拉卡塔卡的香蕉农纷纷搭起帐篷，以便从劳神费力的熬夜中恢复体力；眼下，前来参加编年史记载中最为辉煌的葬礼的共和国总统、各部部长以及所有代表公共权力和超自然力量的人们恢复了宁静，重新各据其位；眼下，教皇已全身心地登上"天堂圣地"；眼下，参加葬礼的人群留下的空瓶子、烟蒂、啃过的骨头、罐头盒、破布、粪便使马孔多的交通陷于瘫痪。现在正是时候，把凳子斜靠在临街的大门上，赶在历史学家还没来得及到场前，开始从头细述这桩震动全国的事件。

十四个星期前，经过无数夜晚，涂抹泥敷剂、芥子泥，拔火罐，格兰德大妈胡言乱语，拼命挣扎，受尽了折磨。之后，她下令，让人把她抬到她的旧藤摇椅上，以便表达最后的心愿。这是她临终前的最后一个要求。那天上午，通过安东尼奥·伊萨贝尔神父，她处理完各项与其灵魂有关的事务，只差和彻夜守护在床前的九个侄子——遍布世界的遗产继承人——处理保险柜里的东西。堂区神父年届百岁，待在大妈的房间里自言自语。刚才，他到楼上格兰德大妈的卧室，需要十个人扛着。于是，他下定决心留在那里，免得让人把他抬下来，到临终时刻还得把他抬上去。

大妈那位岁数最大的侄子尼卡诺尔去找公证人了。此人身材高大，性情粗野，身穿卡其布衣服，足蹬带马刺的靴子，衬衣下面揣着把点三八口径的长筒左轮手枪。那所两层楼的庞大宅邸散发着糖浆和牛至的香气。阴暗的房间里，塞满了早已化为灰尘的四代人留下的大木箱和各种家什。从上周起，宅子里停止了一切活动，专候那个时辰的到来。长长的中央走廊的墙上，挂着铁钩子。先前，钩子上挂着剥了皮的猪，在八月让人昏昏欲睡的礼拜天，钩子上挂着血淋淋的鹿。走廊上，小伙计们挤成一堆，躺在盐袋子和农具上睡大觉，专等着一声令下为牲口备好鞍鞯，去广袤的庄园里传递坏消息。家里的其他人待在客厅里。争夺遗产，加上天天熬夜，妇女们个个脸色苍白。她们为她严格守丧，那是无数繁复丧礼的总和。格兰德大妈死守母权制的古板规则，把财产和家族姓氏封闭在一个神圣的铁丝网内。在网内，叔父和侄孙女结亲，堂兄弟和姨妈结亲，弟兄们和小姨子结亲，直到组成血缘关系错综复杂的一团乱麻，造成一个恶性循环的繁殖圈子。只有最小的侄女玛格达莱娜成功地逃了出去。种种对前景虚幻的预瞻吓得她连忙请安东尼奥·伊萨贝尔神父为她驱邪，剃了光头，放弃了世间的浮华和荣耀，在罗马教皇辖区内成为新入教的修女。在正式家庭以外，男人们行使初夜权，在牧场、小路和农舍中留下一大批私生子。这些人没有姓氏，只能以格兰德大妈的教子、依附者、宠儿和受保护者的身份活动在奴仆中间。

死神将临再次唤起人们劳神费力的期待。格兰德大妈的声音总是教人肃然起敬，教人低首服从。行将就木的大妈的声音比起关着门的房间里的风琴低音强不了多少，却仍在庄园最偏僻的角落里震响着。谁也不会对她的死无动于衷。在本世纪，格兰德大妈曾是马孔多的重心，正如过去她的兄弟、父母、父母的父母在长达两个世纪里独揽霸权一样。村庄围绕她的家族形成。没人晓得这份祖产的来源、范围多大、价值几何。但是，大家都习惯性地认为格兰德大妈是流水、死水、下过的以及将要下的雨水的主人，是周边道路、电报电线杆、闰年以及热天的主人。此外，她还执掌着先辈传下的处置生命和财产的权力。下午，大妈坐在自家阳台上乘凉，她的五脏六腑和权势整个儿压在那把旧藤摇椅上，在那种时候，似乎她真的拥有无限的家产和权威，真的是世上最富有、最强大的女族长。

除了格兰德大妈部族的成员和她自己以外，谁也没有想到她还会死。就个人而言，大妈是受到安东尼奥·伊萨贝尔神父老朽不堪的模样的刺激。但她有信心和外祖母一样活过百岁。一八七五年的战争当中，老太太凭借庄园的厨房为掩护，还曾阻击过奥雷里亚诺·布恩迪亚上校的一支巡逻队。只是到了今年四月，格兰德大妈才明白，上帝并没有赐给她在公开冲突中亲手消灭那帮拥护联邦制的共济会成员的特权。

闹病的第一周，家庭医生用芥末和羊毛短袜制成的泥敷剂随随便便为她医治。这位医生家里世代行医，曾在蒙彼利埃受到嘉奖。出于哲学信念，他反对医学进步。格兰德大妈授予他特许权，用以阻止其他医生在马孔多落脚。在一段时间里，他骑马跑遍了整个镇子，看望日落黄昏中凄楚的病人。天生本性赋予其特权，他成了好多别人家孩子的父亲。不过，关节炎闹得他关节僵硬，渐渐卧床不起，最后无法探望病人，只好通过推测、中间人和信使诊治病人。应格兰德大妈邀请，大夫身穿睡衣，架着双拐穿过广场，来到病人的卧室。当他看出格兰德大妈已临近死亡的时候，这才让人送来一箱外面标着拉丁文的瓷瓶。一连三个星期，他给垂死的病人里里外外涂抹各种专门熬制的膏药、疗效良好的药水和按方配制的栓剂。后来还把熏制的癞蛤蟆敷在其痛处，把蚂蟥贴在其后腰。直到那天清晨，大夫不得不面对如下选择：要么请理发师为她放血，要么请安东尼奥·伊萨贝尔神父为她驱邪。

尼卡诺尔派人去找堂区神父。神父坐在他那把吱嘎作响的柳条摇椅上，身披那件逢大事才穿的发了霉的长袍。他的十个最棒的小伙子把他从家里一直抬到格兰德大妈的卧室。九月温暖的凌晨，临终仪式的钟声向马孔多居民发布了第一个告示。太阳出来时，格兰德大妈家对面的小广场看上去像一个农村集市。

这让人想起了另一个时代。七十岁那年，格兰德大妈庆贺寿辰，举办了在人们记忆中前所未有的连续多日、闹哄哄的集市。摆出几个大肚酒瓮供全镇人享用，在公共广场上宰杀家畜，一群乐手站在一张桌子上一连三天不停地演奏乐曲。本世纪第一周，奥雷里亚诺·布恩迪亚上校的军团曾经驻扎在本地的巴旦杏树下。如今，在落满尘土的巴旦杏树下，摆着小摊子，出售香蕉玉米粥、小面包、血肠、猪肉冻、馅饼、灌肠、黑莓饼、木薯面包、奶酪饼、油煎饼、玉米饼、千层饼、香肠、内脏、椰子羹、甘蔗汁，还有各式各样的小物件、小摆设、小零碎、盆盆罐罐，还有斗鸡、彩票。在吵吵嚷嚷的人群的一片混乱中，出售印有格兰德大妈形象的邮票和披肩。

庆祝活动从生日前两天开始，到生日当天结束。在格兰德大妈的家里，焰火震耳欲聋，还举办了家庭舞会。精心挑选的客人和本家的合法成员，在私生子周到的服侍下，随着旧式自动钢琴的节奏翩翩起舞，钢琴演奏器上装的是入时音乐的纸卷。格兰德大妈坐在安乐椅上，靠着亚麻布枕头，在客厅深处主持欢庆活动，用每根手指都戴着戒指的右手发出轻微的指令。那天晚上，她有时候通过和恋人们商量，更多的时候还是凭借个人灵感，以撮合来年的婚姻。欢庆活动结束时，格兰德大妈走到装饰着缎带和纸灯笼的阳台上，把钱币撒向人群。

这项传统活动已然中断了，一来家里连续举办丧事，二来近年政局难以捉摸。年轻的几代人没有参加过那些盛大的活动，只是听说过而已。他们没赶上看格兰德大妈望弥撒。那时候，政府机关的某位官员为她扇扇子，即使在举扬圣体的时刻，她还享有免跪的特权，为的是不弄坏镶着荷兰式荷叶边的裙子和浆过的波浪边衬裙。追忆年轻时候的往事，上了年岁的人还记得那条从祖传老屋铺设到大祭坛的长达二百米的席子；还记得那天下午，玛莉亚·德尔罗莎里奥·卡斯塔涅达－蒙特罗参加完父亲的葬礼，回来的时候走过铺着席子的大街，此时她已被授予耀眼的新荣衔：二十二岁上就成了格兰德大妈。那幅中世纪的景观不仅属于家族的过去，而且属于国民的过去。它越来越模糊，越来越遥远，只有在炎热的下午，格兰德大妈坐在自家被天竺葵遮挡的闷热的阳台上，沉浸在自己的神话当中时，才勉强看得清楚。大妈行使权力要通过尼卡诺尔。按照传统的不成文规矩，格兰德大妈用火漆封住遗嘱那天，继承人可以宣布连续三个晚上举办公众联欢。但是，大家也都知道，格兰德大妈已经决定到临终前几个小时才宣布她的遗愿，而且谁也没有认真地想过格兰德大妈竟然真会死。直到那天清晨，马孔多的居民被临终仪式的钟声吵醒，这才相信格兰德大妈不仅不会长生不死，而且正在离开人间。

临终的时辰到了。格兰德大妈躺在她的亚麻布床单上，芦荟汁一直涂抹到耳朵上，床篷下方是沾满灰尘的泡泡纱。

从她丰满的乳房轻微的起伏上，几乎猜不出她是死了还是活着。直到五十岁那年，格兰德大妈还把最热忱的求婚者拒之门外。她天生就有能力单独一人哺育全体族人，垂死时仍然是个无儿无女的老处女。施行涂油礼时，安东尼奥·伊萨贝尔神父不得不求人帮忙给她的手掌涂圣油，因为自弥留之始，格兰德大妈就攥紧了拳头。侄女们一起帮忙也无济于事。挣扎时，一周来她第一次把戴满宝石的手紧紧护在胸前，用黯淡无光的眼神盯住侄女们，一个劲儿地说："抢劫犯。"随后，她看到身穿礼拜仪式服装的安东尼奥·伊萨贝尔神父和手捧圣器的侍童，才肯定而平静地咕哝道："我快不行啦。"这时候，她摘下那枚镶了一颗大钻石的戒指，交给了新入教的玛格达莱娜，她是最年幼的继承人。这是一项传统的终结：玛格达莱娜不要遗产，把东西捐给了教会。

天光发亮的时候，格兰德大妈要大家出去，她好单独向尼卡诺尔交代她最后的指示。半个小时里，她状态很好，了解了生意的进展情况。关于如何安排她的尸体，她做了特别指示，最后，她交代了有关守灵的事。"你要睁大眼睛。"她说，"把值钱的东西全都锁好，好多人不是来守灵的，是来偷东西的。"过了一会儿,她单独和神父在一起,做了一番详尽的忏悔,既诚恳又细致。然后,她当着侄子们的面领了圣餐。直到这时,她才吩咐把她抬到她的藤摇椅上,以便发布遗嘱。

尼卡诺尔准备了一份用非常清晰的字迹写在二十四张纸上的精确的财产清单。格兰德大妈神色安详地喘了口气,当着大夫和安东尼奥·伊萨贝尔神父两位见证人的面,向公证人口授她的财产清单。这份财产是她权势至高无上的唯一泉源。就其实际规模而言,那只是殖民时期皇家敕封的三个土著居民村落,随着时间的推移,再加上错综复杂的权宜联姻,它们都落在了格兰德大妈的名下。这块边界模糊的蛮荒土地包括五个区,土地所有者从来没有掏钱撒过一粒种子。在这里,以佃户的名义居住着三百五十二户人家。每年,在自己的命名日前夕,格兰德大妈就要施行她唯一的掌控行动:用收租子的办法阻止土地收归国家。她坐在宅子的走廊上,亲自收取居民用以换取居住权的租金,正如一个多世纪以来她的祖先向佃户的祖先收取租金一样。三天收租日过后,院子里堆满猪、火鸡和母鸡,还有土地最早产出的果实和十分之一的果实产量,这些全都作为赠品存放在那里。说实在的,这是他们家从这块土地取得的唯一收获，一开始，那只是一块一眼看去大约有十万公顷的闲散荒地。然而，由于历史变迁，在那块土地范围里，包括首府在内的马孔多王国的六个村镇却成长壮大，日益繁荣。凡是在这儿安家的人，除了对自家的东西享有物权外，没有任何其他财产权。因为土地归格兰德大妈所有，他们得给她交租子。就像市民使用街道，政府也得向她缴费一样。

在村落周围，一群没人数过、少人照料的牲口在来回转悠，后腿打着锁状火印。遥远村落里的人们都很熟悉这种自古流传下来的铁印，不是因为牲口数量巨大，而是因为它们秩序混乱。夏天，渴得要命的牲口被分散驱赶到那些地方。铁印是她的传奇最有力的支撑之一。从最后一次内战起，那些宽敞的马圈渐渐空了。近来，马圈成了挤奶场、甘蔗榨糖厂和舂米厂。至于原因嘛，没人愿意解释。

除了列举过的东西外，遗嘱上还注明，有三罐子古金币在独立战争时期被埋在家里的某个地方，只是在定期的艰难挖掘中从来没有找到过。遗产继承人除了有权继续开发出租的土地，收取什一税、实物税和各式各样的额外礼品外，还得到一张一代又一代绘制、每一代都加以完善的草图,以帮助他们找到埋藏的宝物。

格兰德大妈花费三个小时历数俗世事务。在闷人的卧室里,濒临死亡的大妈发出的声音好似为每件提到的东西抬高了身价。大妈用模糊不清的字迹签了名,见证人在她名字下面也签了字。这时候,一阵隐秘的震动敲击人们的心灵。他们开始集合在大妈宅邸对过落满尘土的巴旦杏树荫下面。

接下来,就差详细历数无形资产了。格兰德大妈使出一股死劲儿(她的祖先在临死前也是这样,为的是显示他们支配族人的力量),挺坐在肥大的臀部上,全凭记忆,用专横而又真诚的声音向公证人口授她那份看不见的财产的清单:

地下资源,领水,旗帜的颜色,国家主权,传统政党,人权,公民自由,第一法庭,二审,三辩,介绍信,历史凭证,自由选举,选美皇后,关系重大的演说,盛大的游行,出众的小姐,有教养的绅士,有荣誉感的军人,最尊贵的阁下,最高法院,禁止进口的条款,自由派的女士,肉类问题,语言的纯洁性,世人的范例,法制,自由而又负责任的新闻界,南美的雅典娜,公众舆论,民主选举,基督教道德,外汇短缺,避难权，共产主义危险，国家库房，生活费用的昂贵，共和传统，受损害的阶级，效忠信。

她没能说完。列举这么多词，实在费劲儿，终于截断了她最后一口气。格兰德大妈在抽象词汇——两个世纪当中，这些词汇从精神层面上说明家族权势合理合法——的大海里喘不过气来，打了一个响嗝，随之断气了。

那天下午，地处遥远而阴沉的首都的居民在号外头版上看到了一幅年方二十的女人像，还以为是位新选出的选美皇后。格兰德大妈在照片中再次经历了短暂的青春时代。照片放大到四栏，经过紧急修整，茂密的头发高高地盘在头顶，用一只象牙梳子别住，一条白色束发带系在镶花边的皱褶领上。这张照片是本世纪初途经马孔多的一位到处流浪的摄影师抓拍下来的，多年来存放在报社的无名氏档案库里，如今注定会长久地留在未来一代又一代人的记忆中。在破旧的公共汽车里，在政府部门的电梯里，在挂着深色帷幔的阴森的茶室里，人们以恭敬、尊重的语气窃窃私语，谈论在疟疾横行的炎热的县里死去的那位权威人物。几小时前，在报纸把她神圣化之前，她的名字在国内其他地方还不为人知。在蒙蒙细雨的笼罩之下，行人感到怀疑，感到新鲜。所有教堂都敲响了丧钟。共和国总统在前往军校毕业典礼途中得知这个消息，立即在电报背面亲笔写了批示，要国防部长在他结束演讲后宣布静默一分钟，以示对格兰德大妈的哀悼。

大妈的死讯牵动了社会秩序。城市的情绪似乎被纯净过滤器过滤后才传递到了共和国总统那里。现在，他从汽车里一眼——甚至猛的一下——就看出了城市里默默的悲痛气氛。只有几家小咖啡馆还开门营业，首都大教堂正准备花九天举行追悼活动。在国会大楼，议会点起了灯。在那里，乞丐裹着纸张，在陶立克式立柱和过世总统的沉默的雕像下面睡觉。国家元首看到戴孝的首都，深受感动。当他走进办公室的时候，各部部长身着塔夫绸丧服，站立着守候在那里，和往常相比神态更加庄严，脸色更加苍白。

那天晚上以及随后几个晚上发生的事情后来被认定足以载入历史教科书。不仅因为代表公共权力的顶级人士表现出基督教精神，还因为为了实现埋葬一具卓越尸体的共同愿望，人们以忘我的精神协调不同的利益和对立的观点。多年来，格兰德大妈靠着三只造假的投票箱保证了她那帝国里的社会和平和政治和谐，这也是大妈秘密财富的一部分。仆人、受保护者以及佃农们，不分年龄大小，不仅行使他们自己的选举权，也替一个世纪当中死去的那些选民行使投票权。大妈得以使传统势力战胜临时当局，以阶级优势压倒平民，以超人的智慧凌驾短命的即兴行为。在和平年代，为了实现独霸天下的意志，格兰德大妈采用合理和不合理的方式分派肥缺、美差、好事，维护同党的利益，为此，不得不求助于弥天大谎或选举舞弊。在混乱时期，格兰德大妈秘密地向拥护者发放武器，公开援救牺牲者。如此的爱国热忱使她赢得了至高无上的荣誉。

为了掂量自己责任的分量，共和国总统无须求助谋士。在总统府接见厅和用方石铺路、专供总督们停车的小院子之间，横亘着一座种植浓绿柏树的内部花园。殖民时代后期，一位葡萄牙修士为了爱情在那里上吊身亡。黄昏后，总统经过那里，尽管周围的受勋军官们吵吵闹闹，他还是心里没底，按压不住一阵轻微的颤抖。但在那天晚上，这阵颤抖却像一种预兆。他终于充分意识到自己的历史使命。于是，他下令举行九天国丧，按照为祖国捐躯沙场的女英雄级别为格兰德大妈举办葬礼。正如那天清晨他通过全国的电台、电视台向同胞们发表的慷慨激昂的演说中说的那样，这位国家首席行政长官表示相信格兰德大妈的葬礼将为世界树立一个新的典范。

然而，如此崇高的设想却碰上了种种严重的不便。由格兰德大妈先祖创建的国家法律机构对开始举办的活动缺乏准备。法学界明智的博士们、久经考验的法律炼金术士们深入钻研诠释学和三段论，搜寻准许共和国总统参加葬礼的条文。政界、教会和财政界高层人士一惊一乍地度过了好几天。一个世纪内，半圆形的国会大厅里总是在探讨玄而又玄的法律，故而很少有人光顾。如今，在民族名人的油画像和希腊思想家的半身塑像间，呼唤格兰德大妈的声音达到了出乎意料的程度。与此同时，在马孔多酷热的九月，大妈的尸体已经长满水疱。人们谈起她，第一次想象她既没有躺在藤摇椅上，下午两点钟也没有酣睡不醒，更没有涂抹什么芥子泥。经过神话的提炼，只见她十分纯洁，说不出多大岁数。

在无休无止的时间里，人们说啊，说啊，说啊，话语声响彻共和国的四面八方，报社的高音喇叭高度赞扬这些话语。

直到某个具有现实感的人在无菌法专家大会上打破了历史性的哇哩哇啦，提醒大家别忘了格兰德大妈的尸体还停放在阴凉处也有四十度的地方，等待处理。在研究成文法的纯净气氛下，对这种常识性的提醒，谁都不为所动。正当大家通过寻找条文，协调认识，或修改宪法为总统参加葬礼寻找根据的时候，有人下令赶紧给尸体涂上防腐剂。

说了那么多话，流言蜚语也越过边境，横穿大洋，像某种预示一样穿过甘多尔福堡的教皇住处。八月节刚过，教皇从昏睡中醒来，正在窗前观看潜水员潜入湖底寻找一个被斩首的姑娘的脑袋。最近几个星期，晚报只关注这一件事。教皇对离他夏日居所近在咫尺的地方出现的扑朔迷离的案子不可能无动于衷。那天下午，报纸突然变了，把几位可能的遇害者的照片换成了一位二十岁女郎的玉照，周围还加上哀悼的花边。"格兰德大妈！"教皇惊叫一声，当即认出那张模糊的银版照片。好多年前，当他登上圣彼得大教堂的宝座时，曾经有人把这张照片上供给他。"格兰德大妈！"红衣主教团的成员在他们的私宅里齐声高呼。二十个世纪以来，这是第三次在无边无际的基督教王国里出现了惊慌、窒息、奔走相告的情况。教皇连忙搭乘长长的黑色凤尾船,奔向遥远的、不同凡响的格兰德大妈的葬礼。

船只把光彩夺目的桃园和阿皮亚·安提卡十字架路——在那里,温柔的电影女演员没有获知令人震惊的消息,还在舞台上闪烁着金色光芒——抛在身后。接下来,被抛在身后的是台伯河地平线上圣天使堡阴暗的碉楼。黄昏时,圣彼得巴西利卡教堂深沉的丧钟声和马孔多开裂的青铜钟声交相呼应。透过茂密的甘蔗林和静悄悄的泥塘——这是罗马帝国和格兰德大妈牧场的分界线——教皇在闷热的顶棚下,整整一夜听到被人群脚步声惊扰的猴子吱吱的叫声。夜航期间,那艘教皇专用船渐渐塞满了装木薯的口袋、成串的青香蕉和装母鸡的背筐以及男男女女,这些人丢掉日常活计,打算在格兰德大妈的葬礼上卖卖东西,赚几个小钱。那天晚上,教皇在教会历史上首次感受到熬夜的狂热和蚊子的叮咬。但是,格兰德大妈领地上空奇妙的晨光以及凤仙花和鬣蜥王国的原始景象从他脑海里驱走了旅途的辛劳,补偿了一路做出的牺牲。

尼卡诺尔被通知教皇马上莅临的三次敲门声惊醒了。全家都在忙活着办丧事。总统连续不停地发表紧急演说，声音嘶哑的议员们展开激烈的辩论，比比画画地继续达成谅解。在他们的鼓动下，全世界的人们和团体丢下了自家的营生，把昏暗的走廊、拥挤不堪的过道、气闷的顶楼挤得个满满当当。迟到的人爬上围墙、围桩、瞭望塔、木板台、护墙，尽可能舒服地安顿下来。正在变成木乃伊的格兰德大妈的尸体上覆盖着多得吓人的一大堆电报，仍旧陈放在中央大厅，等候着重大决定。九个侄子为尸体守灵，哭得疲惫不堪，像着了魔似的，你提防着我，我提防着你。

人们还得继续守候好多天。市府大厅里，摆放着四把皮椅子、一瓮过滤水和一张牛蒡做的吊床。在闷热的长夜里，教皇挥汗如雨，无法入眠，只好阅读记事簿和行政规章打发时间。白天，教皇给走近窗前来看他的孩子们分发意大利糖果，在种满六出花的凉亭下和安东尼奥·伊萨贝尔神父共进午餐，偶尔也和尼卡诺尔一起吃饭。就这样，在炎热的天气中，等待了没完没了的几个星期，甚至几个月，直到帕斯特拉纳神父手持手鼓来到广场中央，宣读决定书。他说：公共秩序太混乱，嗯嗯，共和国总统，嗯嗯，手握特别权力，嗯嗯，特此被允许参加格兰德大妈的葬礼,嗯嗯嗯,嗯嗯,嗯,嗯。

伟大的日子终于到来了。大街上,摆满轮盘赌用具、油炸食品和彩票桌。有人把蛇缠绕在脖子上,叫卖根治丹毒、保人长命百岁的香脂。在拥挤不堪的小广场上,人们支起帐篷,铺开凉席,服饰整齐的弓弩手为官方人士开道。除了本篇纪事开头列举的那些人以外,还有圣豪尔赫的洗衣妇、维拉角的采珠人、谢纳加的渔夫、塔萨赫拉的捕虾人、莫哈纳的巫师、马瑙雷的制盐工、瓦耶杜帕尔的手风琴手、阿耶佩尔的牲口贩子、圣佩拉约的番木瓜小贩、洞穴扯淡者、玻利瓦尔大草原上的即兴演奏员、雷波罗的寄生虫、马格达莱纳的船夫、蒙博科斯的讼棍,以及其他好多人,都在那里等待最后时刻。甚至连奥雷里亚诺·布恩迪亚上校的老兵(以全身装饰着虎皮、虎爪、虎牙的马尔伯勒公爵为首)都捐弃百年来对格兰德大妈及其同类人的仇恨,前来参加葬礼,为的是向共和国总统索要他们六十年来一直等待的战争抚恤金。

发狂的人群被太阳晒得喘不过气来。身着配件齐全的军服、头戴精致头盔的沉着的武士精英把他们挡在外面。将近十一点，人群爆发出一阵喧闹的欢呼。共和国总统和各部部长、议会各委员会、最高法院、国务院、传统政党、教会、银行以及工商界的代表人物，穿礼服，戴礼帽，神色庄严肃穆，出现在电报局拐角处。秃头、矮胖、年迈、患病的共和国总统从张大惊呆眼睛的众人面前走过。从前，人们选他为总统，但从未见过他。如今，才证实了他的存在。在被圣职压得身心疲惫的红衣主教和挺胸腆脯、挂满勋章的军人中间，国家首席行政长官明明白白地显示出大权在握的神气。

接着，只见一片黑色绉绸静静地滑过。这是各种已经设立和将要设立的选美活动中国家级选美皇后的游行队伍。她们首次脱掉俗世光环，走在最前面的是世界选美皇后，紧随其后的有芒果皇后、青瓜皇后、几内亚苹果树皇后、面木薯皇后、秘鲁番石榴皇后、多汁椰子皇后、黑头菜豆皇后、四百二十六公里鬣蜥蛋串皇后，以及本篇纪事中省略掉的形形色色的皇后。如不省略，文章就会没完没了。

格兰德大妈躺在紫红色花纹的棺材里，八枚铜钉使她与世隔绝。此时，大妈过于沉浸在甲醛溶液带来的不朽中，而不知道她的威严究竟有多么大影响。过去，在炎热的不眠之夜里,她在自家阳台上曾经梦想得到世上一切荣耀。在那光荣的四十八小时里,梦想全部实现了:这个时代所有的代表性人物都在为她哀悼。格兰德大妈神志昏乱时,曾经想象过教皇立在梵蒂冈花园的一辆华丽彩车上。如今,教皇摇动棕榈叶扇子,驱赶热气,以最庄重的态度主持世上最宏大的葬礼。

尊贵人士在争执中达成一致,由那些最尊贵的人士扛着棺材走上街头。此时,格兰德大妈家的屋脊剧烈地抖动了一下。这场权势的演出把老百姓弄得眼花缭乱,没有注意到这个现象。谁也没有看到当出殡的队伍顺着马孔多热气腾腾的小街行进时,几只兀鹫的阴影紧随其后;谁也没有留意随着尊贵人士前进的脚步,小街上积满一大溜臭气熏天的秽物。谁也没有注意到格兰德大妈的遗体刚刚被抬出来,她的侄子、教子、仆人和受保护者立即关上大门,卸掉门板,挖开地基,以便动手分家。在那场响声震天的葬礼中,唯一没有被忽略的就是经过十四天的祈祷、兴奋、唱赞歌之后,人们终于得到了休息,发出雷鸣般的喘气声,还有就是在坟墓上加盖了一块铅板。在现场的人群当中,有些头脑十分清醒的人心里明白他们正在见证一个新时代的诞生。现在，教皇在完成尘世使命之后，可以全身心地升入"天堂圣地"；共和国总统可以坐下来按照自己的良好观念管理政务；所有举办过和将要举办的选美活动中的选美皇后可以出嫁，过上幸福生活，可以怀孕，生下许多孩子；老百姓可以随意在格兰德大妈广袤的领地里搭帐篷，因为唯一能够反对他们这样做、又有充分权力制止他们这样做的女人已经开始在铅板下腐烂了。此时，只缺少一件事，就是有人把凳子斜靠在大门上，讲述这段历史以及对后人的经验教训，并让世上没有一个疑心重的人不知道格兰德大妈的消息。明天，礼拜三，清洁工会来到这里，清扫葬礼丢下的垃圾，清扫一个世纪又一个世纪。

LOS FUNERALES DE LA MAMÁ GRANDE by GABRIEL GARCÍA MÁRQUEZ
© GABRIEL GARCÍA MÁRQUEZ, 1962
All Rights Reserved.

图书在版编目(CIP)数据

礼拜二午睡时刻/〔哥伦〕马尔克斯著;刘习良,笋季英译.-海口:南海出版公司,2015.3
ISBN 978-7-5442-7560-6

Ⅰ.①礼… Ⅱ.①马…②刘…③笋… Ⅲ.①短篇小说-小说集-哥伦比亚-现代 Ⅳ.①I775.45

中国版本图书馆CIP数据核字(2014)第280981号

著作权合同登记号 图字:30-2012-064

礼拜二午睡时刻

〔哥伦比亚〕加西亚·马尔克斯 著
刘习良 笋季英 译

出　　版	南海出版公司　(0898)66568511
	海口市海秀中路51号星华大厦五楼　邮编 570206
发　　行	新经典发行有限公司
	电话(010)68423599　邮箱 editor@readinglife.com
经　　销	新华书店
责任编辑	黄宁群
特邀编辑	王　丹
装帧设计	韩　笑
内文制作	田晓波
印　　刷	北京中科印刷有限公司
开　　本	850毫米×1168毫米　1/32
印　　张	6
字　　数	100千
版　　次	2015年3月第1版
印　　次	2024年8月第21次印刷
书　　号	ISBN 978-7-5442-7560-6
定　　价	29.50元

版权所有,侵权必究
如有印装质量问题,请发邮件至 zhiliang@readinglife.com